SCATTERLINGS

離散之家

Rešoketšwe Manenzhe
蕾索凱茲・馬內茲

鄭依如 譯

親愛的瑟琳娜：

我希望妳活著，但是既然已非如此，我總喜歡想著，妳那邊的太陽永遠不會落下。我將這些話傳達給妳，妳就會知道故事停在哪裡；故事尚未結束，然而我想陽光也照在我身上了。

我現在應該謝謝妳，然後讓妳回去安息。太陽很快就會從地平線升起，所以我得回去寫完這個故事。

scatterling

/ˈskætəlɪŋ/

名詞，（複數：scatterlings）

1. 沒有固定居所的人；流浪者。

「漂泊者與難民，沉重的眼皮和疲憊的眉毛，在黑夜中尋求庇護。」

目次

原初之神的孩子

第一部

銀河之星

這段故事最早源自桑人的傳說。在闇黑的夜裡，一個女孩從火堆中拾起燃燒的樹根與灰燼，將它們拋向天空，於是星星誕生了。一條路在天空中鋪成，迷途的獵人就循著它返家。

桑人是非常古老的族群，可能是世界上最早的人類。因此，當風帶著他們的故事吹進每一個夏天，風的耳語都會將新的真相吹進故事裡。巴索托人說，原初之神的孩子們沿著天上的路，走向太陽升起之地，那裡是閃電鳥莫拉拉特拉蒂永恆的棲身之處。

那是很久很久以前。當時的人們會圍坐在火堆邊，一同追憶歷史。現在的人沒時間做這些了，大家只會在與彼此擦身而過時傳遞故事。

至於那個創造星星的女孩，人們早已忘記她。除此之外，天空也已經分裂：過去桑人和巴索托人走過的路，如今都在南方的星星之下。那是一片綿延數英里的乾燥之地，當象徵豐收季節的星座沒有出現時，太陽就是死亡的代表。那片土地十分廣闊，不像阿姆斯特丹有著劃過河流的小船，還要鑄造大船，也不像喧鬧的倫敦一樣深陷嘈雜之中。

桑人是游牧民族，只向土地索取它願意給予的一切，然後移往其他的平原及山谷；在他們被移民者驅逐到內陸沙漠和近沙漠地區之前，已經有一些部落開始往近海區域遷移。那片區域沾染上一抹異樣的銀光，無邊無際的天空與大海相融，看起來比平時更藍。巴索托人則已遷至非洲內陸定居，這裡的陽光更加耀眼，所以他們看見的是沐浴在金色光芒下的平原。

這裡的四季鮮少變化，四季的更迭宛如曲調，在卡魯沙漠和莽原之間悠悠流傳，夏天和冬天幾乎無有區別。或許正因為如此，殖民者才會認為他們可以擁有這片土地，畢竟這裡又乾又熱，看起來了無生機。但是他們不知道，沒有一塊土地是會死的。他們在山丘上插下旗幟，宣布土地屬於他們的國王，漸漸地忘卻了迴盪在峭壁山崖之間的古老姓名。

富庶、慷慨又樸實的非洲，對於在她身上瓜分割裂的力量，輕易地便屈服了。她的恩戈拉變成了安哥拉；子宮中的黃金海岸和約翰尼斯堡被奪去；斑驢消失，她的諸神也被埋入黃土，而且還遠遠不只如此。也許那是另一個讓殖民者相信自己可以擁有她的原因，因為非洲很容易屈服，反抗義大利吞併的衣索比亞算是個反常。整體而言，非洲十分容易被操控於股掌之間。

一九二七年這一年，或許是為了生存考量，非洲開始向矛盾屈服。這就是艾麗莎·凡澤爾講述的故事。艾麗莎·凡澤爾原本名喚艾麗莎·米勒，而艾麗莎·米勒原本就只是叫艾麗莎。這是艾麗莎告訴她女兒們的故事，一個吸乳的幼兒被拋出女神懷抱，乳汁從女神胸中湧出，噴向天空，銀河的星星就此誕生。

這是故事的結局。

現在，我要說故事的開端。

沉默時刻

據說從前有個瘋子，他的血液中流淌著戰爭。他的祖父參加過第一次布爾戰爭*，父親打過第二次布爾戰爭，他自己則參加了世界大戰，不知道算是更悲慘還是更光榮。可以想見，假設維特瓦特斯蘭金礦坑再次燃起脫離大英帝國掌控的希望，或者歐洲掀起另一場戰事，他的兒子定然也會繼承父祖的衣缽，投身沙場。

但是直到一九二七年三月二十九日，這是一個雖然沒有陽光卻處處可見到預兆的日子，這名男子依舊孑然一身，沒有兒子。男子希望全世界和南非箭在弦上的革命可以先緩一緩，好讓他有時間扮演好他在俗世間的角色，養大那個命中注定該有的兒子。

男子的名字叫約翰·艾許比，大部分時間都出沒在伯格街轉角處的拍賣行周邊，向路

---

* 編註：布爾戰爭（Anglo-Boer War），為英國與南非的荷蘭移民後裔布爾人之間的戰爭。第一次發生於一八八〇年至一八八一年，第二次發生於一八九九年至一九〇二年。英軍在戰爭期間的殘酷鎮壓與集中營引發國際抨擊，也加劇了南非各民族的衝突矛盾。

過的行人兜售報紙。亞伯罕·凡澤爾就是在那裡遇到他。「總督今天說了什麼呀？」亞伯罕問道。

「早安，凡澤爾先生。」

亞伯罕也連忙禮貌地打聲招呼，約翰唸出手中揮舞的廣告：「《違背道德法案》通過，國會禁止歐洲人與原住民婚外性接觸。」

此時一輛汽車在街角急轉彎，揚起漫天塵土，幾名行人忍不住痛罵駕駛的魯莽，思索整座城市的道德何以淪喪至此。亞伯罕嚇得揪住衣領，但很快便回過神來。「給我看看。」他邊說邊往口袋裡掏零錢。約翰接過零錢後便把報紙給他，亞伯罕立刻開始翻找，直到他終於翻到第十四頁，標題寫著「一九二七年五號法，禁止歐洲人與原住民發生非法性關係及相關行為」。

這幾個字讓亞伯罕的人生徹底陷入混亂。過往種種事情所伴隨的不祥預感如潮水般湧上，一下衝到最高點，彷彿惡兆已經失去耐性。亞伯罕呆呆站在原地，一個瘋子在旁邊說道：「我聽說總督會帶斷頭台過來。」

男子的聲音在亞伯罕聽來宛如回音一般空蕩。他聽著，彷彿想起一個夢，一個噩夢，而他必須從噩夢中醒來。「謝謝你，約翰。」他搖著頭說，接著掀起帽子向對方道別：「我要回家了。」

「不客氣，先生。」約翰也掀起帽子回禮。亞伯罕走到對街，他的長工法魯克正在車裡等他。「要去哪裡？先生？」

現在還是早上，亞伯罕本想去國會一趟。但是他的心做不到。他的心碎了，無法繼續面對這個世界。他覺得自己不該在沒有同情心的人面前退縮。所以他說：「回家。」

法魯克點點頭，發動汽車。

這座城市宛如一本攤開的史書，建築物就像章節一般，每一棟都述說著不同時代的移民故事和風格。舊世界在開普敦留下深刻的印記，同樣留下印記的還有哥德式教堂、模仿維多利亞時代倫敦建築外觀的旅館，還有沒學到精髓卻迅速成為開普敦特色的仿荷式建築，這些建築排列在城市裡，就像是博物館裡的模型，彷彿在提示如何調解相互碰撞的文化。簡而言之，整座城市就像在展示歷史的演進。

幹道走起來比較順暢，可以少轉幾個彎，也就少一點塵囂俗世的煩惱；但是另一條路會經過好望堡，再往前經過魔鬼峰山腳，也就是開普敦大學遷址的新地點，然後經過莫斯特風車，直到抵達康斯坦夏谷。那條路安靜許多，沒什麼熟人，也比較不會讓他對自己的存在感到焦慮。「法魯克。」亞伯罕開口：「不要走幹道。」

法魯克毫不猶豫地爬上窄小陡峭的山坡，讓桌山保持在他們的右側。這座山高聳入雲，顯得十分雄偉。一陣風從東南方吹過來，隨之而來的還有一片雲幕，垂懸在高原之上。黃昏時分，當落日餘暉逐漸從山頭消失，在天空的襯托下，高山變得漆黑，覆蓋著松樹的斜坡會隱藏在霧氣之中，而這團霧氣裡究竟有些什麼，只有科學家講得出來。整座山看起來就是它自己的剪影，彷彿基於某種不可抗辯的命運，屈服於白晝的消逝。亞伯罕已經在開普敦住了二十多年，這一幕奇景依然讓他敬畏不已。

此時路面一陣顛簸，將出神的亞伯罕拉回現實。雖然這輛車有時彷彿擁有生命，總帶著滿腔憤怒與不滿，但還是能讓他們穩步向前。與此同時，亞伯罕想著該怎麼向妻子交代，他構思、刪減、又重新構思自己的說詞。他的妻子艾麗莎已經變成一個難以相處的女人。他說的每一句話，在她眼裡都成了罪惡。而他沒說出的話，或者更確切地說，是她希望他說出的話，才是真正重要的。所以他得不斷構思、刪減，又重新構思自己準備說的話。

他們轉彎進入康斯坦夏堡山腳處的一片蓊鬱區域。在這裡，從山頂到廣闊的農場都覆蓋著好幾種獨特的植物，有許多只能在此地生長的品種，形成一座仿熱帶區。不過，模仿終究是模仿，本身一定有某種缺失，才能與正宗或原版有所區隔。這座山谷便是如此。這裡冬季多雨，夏季乾熱，簡而言之，生長在這個奇妙角落的美麗植物，都被迫展現生命的韌性。由不同品種的灌木和石南形成的凡波斯植被，就比其他物種更有韌性。

他們在康斯坦夏堡轉向東邊，映入眼簾的是一長串散落在山坡各處的葡萄酒莊，凡澤爾莊園就座落在這一片雜亂農莊的外緣。通往凡澤爾宅邸的車道，兩側都是高大雄偉的橡樹，橡樹的影子在路面中央交會，削弱了陽光的亮度。亞伯罕還沒想好該對妻子怎麼說，宅邸就已矗立在他眼前，樸素的粉刷白牆對他接下來要面對的命運一無所知。

正如亞伯罕所料，艾麗莎坐在垂柳下，但並沒有在寫日記，這出乎他的意料。她面朝葡萄園，頭靠在樹幹上，雙眼緊閉，雙手抓著大腿。她原本可能睡著了；但是一感覺到他出現，她便環顧四周，兩人的目光交會。

他們第一次見面時，那雙曾經更深邃的棕色眼睛，會在她微笑時綻放閃亮的光彩。但是這些年來，她的雙眼似乎被不斷流淌的淚水洗刷，沖淡了大半神采，只剩下暗沉的褐色，蒼白而疲憊，流露出痛苦。亞伯罕嚥了口口水，走到她身邊，她站起身來，幾乎是帶著微笑說道：「法案通過了，是不是？」

亞伯罕點點頭。艾麗莎腿一軟倒了下去，她雙膝跪地穩住自己，眼眶瞬間盈滿淚水。亞伯罕也跟著跪在地上，並且握住她的手：「妳看。」他第二次打開報紙，翻到第十四頁。「妳看，第五條寫著，如果我們能證明我們結婚了，就不會有麻煩。」艾麗莎讀著他所指的段落，然後搖搖頭，指著另外一個條款：「這裡寫著，如果無法證明我們已經結婚，就會被判定為未婚。處分是你坐牢五年、我坐牢四年，而孩子們……」讀到這裡，她崩潰了。她更加無力地蜷縮身體，只能發出不成句的悲嘆。「天啊，孩子們，伯罕。孩子們……」她變得語無倫次，哭得更歇斯底里，但是她最激烈的舉動是抱住了亞伯罕。她完全投入他的懷抱之中，將頭靠在他的肩膀上，止不住地哭泣。

她已經很久沒與他親近了。她的肌膚，他曾是那麼熟悉，現在卻變得陌生、飄忽而脆弱。她不由自主地顫抖，一邊更用力地抱住了他，彷彿害怕自己會馬上解體。「哦，伯罕。」她說道。

妻子情感豐沛的舉動讓亞伯罕感到困惑，但是他也跟她一樣滿溢著感傷。「不會有事的，艾麗莎。」這句話顯然不夠，因為她顫抖得更厲害了，於是他補充道：「他們不會把孩子帶走的，法案中沒有和兒童有關的內容。孩子不會被人帶走的，親愛的。她們很安全。」

也許是因為不確定自己還能做什麼，亞伯罕陷入了回憶中，回憶起他曾經的習慣。他的下巴輕輕抵在她的頭上，喃喃地說著可以給予妻女的承諾與保護。亞伯罕荒唐地開始做起和解的夢，開始懷抱希望。

⋯

太陽又準時地落下和升起後，亞伯罕開始覺得，一個抽象的《違背道德法案》，似乎不太可能輕易動搖他的生活步調。亞伯罕便開始放縱自己，沉浸於更多愚蠢的想法中。

他和艾麗莎從她的垂柳樹出發，沿著葡萄園的小徑漫步。昨日的親密感已然消失無蹤。他們分開走著，但是亞伯罕總覺得，艾麗莎似乎希望離他近一些。然而她的自尊不容許她流露感情，除非是以震驚作為藉口。

她的雙手背在身後，亞伯罕會時不時偷瞄她一眼，暗自微笑。而她，則始終盯著地面。她頭上的寬邊帽原本是用來擋陽光，卻也遮住了她的臉，不讓他看見。「也許她戴帽子是為了趕流行。」他在心裡想著，而效果確實也相當好。淡粉色的帽子和帽頂的白色繡花，讓她顯得溫柔文靜。

他們忍受無言將近一分鐘。然後艾麗莎一如往常打破了沉默：「國會沒有機會推翻法案，對嗎？」她問道。

亞伯罕搖搖頭。「確實沒有。但是我們不必擔心。法律規範的是那些未婚人士，不會影響到我們。艾麗莎，我們沒有什麼好怕的。」

他們再次陷入沉默，亞伯罕趁著空檔，欣賞起眼前泛著金光的綿延山坡。

「這我們不能相信。」艾麗莎停下腳步，轉頭面對他，他也被迫停下。她的臉上寫著懇求，在帽子的陰影下，亞伯罕看見她的眼中閃過一絲恐懼。「我們必須做點什麼，伯罕。我們怎麼能坐以待斃？你很清楚，我們不能只靠希望讓一切如我們所願。」

這就是她衝進他房間的原因，她並非只是想享受散步的樂趣，而是想討論這個《違背道德法案》帶來的影響，讓他也感受她似乎急於承受的恐慌。儘管他依然享受這趟與她共度的晨間散步，畢竟這是她要求的，即便她的目的不單純。他甚至細細品味了那些沉默時刻，因為那些時刻似乎充滿了某種溫婉的有志一同。

但是，就像蜿蜒小徑上的葡萄園總是與莊園時遠時近，與他們也是時遠時近，亞伯罕和艾麗莎走在這條既憂慮又愉悅的路上，毫不感到疲倦。他此時已經能預測她即將提出的所有論點，因為她已經反反覆覆陳述這些問題無數次。他完全屈服於昨天開始席捲而來的那陣希望和愚蠢之風，於是他代替她提出建議。「我們必須離開這裡，」他說：「我們必須離開開普敦。艾麗莎，如果妳會怕，那我們就必須離開。」

「我們要去哪裡？」

「妳想去哪裡就去哪裡。」他直截了當地回答。

艾麗莎想都沒想，至少在亞伯罕看來她是不假思索地回答：「蘇聯。」她再次一股勁地盯著地面，她沒有抬頭，因此也沒有看見掠過他臉上的陰影。艾麗莎對這種事情就是如此粗心，她沒有問他想去什麼地方。

蘇聯，她說得如此輕鬆，彷彿她的心早已經飛了過去，這個詞彙不過是懸宕在她嘴邊，等著被說出來罷了。而他該做的就是拋出這個問題，讓這兩個字馬上從她口中吐出，宛如久旱中祈求已久的甘霖。唉！這就是她粗心的地方。或許正因為她如此直接地坦白了自己的心意，亞伯罕下定了決心，若說這個世界上，有哪個地方的空氣是他永遠不想呼吸的，那肯定就是蘇聯。

事物存在時的存在

人生的天翻地覆永無止境，日子一天天過去，亞伯罕無奈地體認到了這一點，大大小小的事情接二連三發生，令人措手不及。首先是他的孩子們被迫離開學校，這整件糟糕的事完全源於艾麗莎的恐慌。但是在一切塵埃落定後，亞伯罕也無法真的把錯歸咎於她，事實上，他反而覺得自己應該和她站在一起。

事情是這樣的：他們的女兒到女子學校學習英語。艾麗莎打從一開始就對此不太高興，但是亞伯罕非常堅持，最後艾麗莎勉強答應，只為了希望女兒們除了彼此之外也能交到其他朋友。後來她開始抱怨學校在各方面的不足，修女們的知識有限，男校會教授進階的數學和自然科學，他們對古典語言和文學作品的剖析更加深入、更加可靠等等。

至於艾麗莎是如何知道男校所教授的內容，她對亞伯罕隻字未提，他也沒有浪費時間過問。她的重點只在於：要多為女兒做些什麼。亞伯罕可以理解，她想要的「多做些什麼」正是他應該做的。「是的，是的。」他點點頭：「可以做得更好。」

「蒂朵是個早熟的孩子。」艾麗莎說道。蒂朵是他們的長女。「她有時候說出的那些話……伯罕，她太聰明了，那間學校對她來說不夠好。」

這個問題無法解決。蒂朵很聰明，但是她沒辦法讀男校。所以這些年來，亞伯罕被迫不停地聽艾麗莎抱怨，這所學校的情況有多麼糟糕、多麼一無是處——而其中最重要的弦外之音，就是他自己在這件事上的一無是處。

亞伯罕懷念起艾麗莎過去的那些抱怨，因為他現在才發現以前的抱怨相比之下平凡多了，她對這一切的鄙棄變本加厲。不過這一次，他同樣有義務站在她這一邊。

昨天，他們的女兒早早就回到家，手上還拿著一封要亞伯罕去學校一趟的信。他到了學校之後，才從校長伊莉莎白修女口中得知發生了一件怪事。一名來自國會的男子來到學校，要求與凡澤爾家的兩個女孩見面。「我們以為他是為了蒂朵來的。」伊莉莎白修女說道：「我原本要告訴你——是這樣的，我們想要和男校合作進行實驗教學。」

「如你所知，大學已經這麼做了，對女學生的學習效果還不錯，我和愛麗絲修女都在想，我們學校也可以如法炮製。哦，別擔心，不會帶來任何醜聞的，女孩們還是會在這裡上課，不過我們考慮請一位老師來教更高階的數學……只教導五個女孩。而蒂朵真的非常聰明，我們想過將她納入名單。我以為他是來談這件事情，凡澤爾先生。但不是，哦，並不是這樣。」

伊莉莎白修女嘆了一口氣，將身上的罩袍拉得更緊些，然後轉述了這件怪異的事：國會議員只要求看一看亞伯罕的女兒們。「僅此而已。」她說道：「凡澤爾先生，我不認為自己是個不正經的女子。我已經老了，對雞毛蒜皮的小事已經毫無耐心。可是這不是件小事。我不是故意想讓你緊張，但是我真的不喜歡那個男人的眼神。我想過是否不該告訴你，免得變成不必要的警告，但是我聽說最近通過了奇怪的法案，現在小事可能都不只是小事了。」

「他們派了一個人到女兒的學校，伯罕。」艾麗莎說，聲音中的恐慌和悲傷打斷了他的回憶。

晚上下過雨，天上仍然烏雲密布，彷彿雲朵還在思考要先甩掉身上的包袱，還是繼續前進。外頭又暗又冷，一點都不適合坐在樹下，而艾麗莎在這種時候偏偏就是要這麼做。

「我知道。」亞伯罕說：「但是外面很冷，拜託妳進來吧，我們可以到屋內談。」他說話時並沒有看著她，而是試著利用世界的虛無空白、用事物的存在本身來轉移自己的注意力——哀鳴的海上飄來鹽巴加上硫磺的刺鼻味道，突然劈過天際的刺眼閃電。閃電的親密摯友雷聲，迅速隨之轟隆作響。

亞伯罕是很容易隨風起舞的人。存在主義之風，不真實的風，時間和改變及其他不言而喻的道理吹起的眾所周知的風——這些事情都很容易讓他掀起內心的革命，有時還會讓他陷入他無權糾葛其中的糾葛。他最近隨之起舞的風，是三月二十九日吹起的希望之風。那是一股強勁的風，這股穩定的風不會死去，或者說無法死去，因為他無法不愛艾麗莎。

就在此時，她的臉龐因為渴望而變得柔和，她的頭順著微風的方向斜向一邊。

亞伯罕用手指了指被閃電劃破的陰暗黃昏，在世界的這一端，這是個罕見的現象。他不禁露出微笑。他忍不住開口：「妳想不想回去西印度群島？假如妳想的話，我們可以離開，或我們也可以留下來，但拜託妳先進來吧。」他跪在她腳邊，握住她的手吻了吻。「我累了，不想吵架，艾麗莎。拜託。我只是個平凡人。就算有其他不能原諒的事，妳能不能至少諒解這一點？」

她並未迎上他的目光，而是望向遠方，彷彿她能在世界的架構中，看見因為他的固執而看不見的祕密。儘管神情嚴肅，她卻是在對遠方說話。她嘆了一口氣，深深嘆了一口氣，彷彿如果她做得到，就會用嘆息將他從身邊吹走。但是她並沒有這麼做，亞伯罕因此踉踉蹌蹌，彷彿身處在暴風邊緣。

漸漸失去耐心的她，立刻開始深究其他類似的事情。「說出這些話不容易，伯罕。我說了這些話，讓你把我當成敵人。我不想成為你的負擔，我也不希望你恨我。」

那股強勁又穩定的風吹著亞伯罕，讓他又吻了吻艾麗莎的手。「妳不是我的負擔。」他說：「我不恨妳，我愛妳。妳知道我愛妳。拜託妳，艾麗莎，進屋來吧。」她最後終於牽起他的手，隨他進入房子。

・・・

那位名叫丹尼爾·羅斯的男人開車穿越大門時，正好是中午時分，雲層僅僅甩掉了身上一點點的負擔，當太陽認為天空應該承接自己的全部威力時，這場小雨便悄然消散。雲層對自己的努力感到疲憊，這些努力與嘗試對亞伯罕而言似乎微不足道，但是對雲朵而言顯然太吃力了，於是雲朵很快便四散離去，或許是因為羞愧。

這裡的天氣就是如此優柔寡斷，天空永遠不會太認真維持任何一種狀態。如果太陽發懶，不願意或者太害羞而不想發光，天空就會妥協，很快便召來雨水之類陰沉沉的東西。如果太陽變得自私，想要得到所有關注，天空也會妥協。正如同亞伯罕，開普敦也很容易隨風起舞，受到其他不言而喻的道理所影響。

因此，當那位名叫丹尼爾·羅斯的男人開車穿越大門時，正是明亮熾熱的中午。他駕駛的黑色車子揚起漫天塵土，正好足夠在他下車後持續將他籠罩在煙塵之中。塵土落地後，男人的相貌才顯露出來，他身材矮小但精壯，身穿一套褐色羊毛西裝，頭戴一頂與西裝相配的整潔帽子。

諷刺的是，那些塵土現在緊緊沾黏在他身上，所以此刻的他正一心一意地拍掉西裝上的塵土。終於拍乾淨後，他邁開腳步往宅邸走去。

亞伯罕在圖書室接待他，穿著褐色西裝的男人堅持站著不願坐下，不斷高聲強調：「我不會待太久的。不，不會的！一點也不叨擾。」

兩人隨即開始客套的招呼和寒暄，男人報上自己是丹尼爾．羅斯，是一名國會議員。

男人說：「是這樣的，凡澤爾先生，我們只是想確保一切沒問題。我就是看看你的房產、農場、釀酒廠之類的。看看你的事業做得如何，僅此而已。」他邊說邊揮舞雙手，一邊眨眼，又搖搖手指，像一位老朋友說著只有他倆知道的笑話。「僅此而已。」

亞伯罕覺得對方在等待自己報以微笑，所以他笑了。「我瞭解。」亞伯罕說。

丹尼爾．羅斯將雙手放在胸口上，露出感同身受的表情，接著繼續說道：「如果不這樣做，一切就會亂了套，嗯。北方發生了一點問題，就是川斯瓦那邊。北方那邊真是一塊麻煩之地。那邊的人都為所欲為。他們發現一個原住民在銀行裡的存款，比當地所有白人加起來還多。豈有此理，凡澤爾先生，豈有此理！這種事情不能再發生了，沒錯。」

「當然。」亞伯罕點點頭。

「我要去房子的其他地方看看，嗯。就是地窖、院子，其實不多，真的。我只是要看看每樣東西，不會花你太多時間的，一下子就好，我看完就走。」男子又說了一些無意義和前後矛盾的話，當他的話都說完，事情也都做完之後，他告訴亞伯罕一件事：凡澤爾莊園正在接受調查，可能會被政府查封。如果不是查封，也可能會發生更嚴重的事。說到這裡，亞伯罕的思緒陷入一片茫然。最後他終於開口打斷羅斯先生：「但我是公民。」

羅斯先生點點頭，彷彿早就預料到這個反應，而且已經見怪不怪了。「啊，是這樣的，先生。」他說：「正如我所說，我們想確保所有事情符合標準……」趁著亞伯罕還沒打斷他，男子又沉醉在另一段獨白中。這次他舉起手來，表示自己不想被打斷。「我想凡澤爾夫人在這裡吧？嗯？孩子也在吧。你們有幾個孩子？兩個女兒？還沒有兒子，嗯，凡澤爾夫人已經不年輕了？沒有繼承人，真是可惜，真是悲劇。」

丹尼爾．羅斯掃視房間，目光時不時徘徊在擺放骨董的櫃子上，玻璃櫃門後面掛著一幅十七世紀的地圖，下方凌亂擺放著日晷、錢幣，還有亞伯罕從世界各地蒐集來的紀念品。旁邊的櫃子支撐著一疊破破爛爛的報紙、雜誌、信件，還有他小心翼翼地從父親的圖書室中拿出來的文件。大部分比較私人的文件都屬於作古已久的海員，有一些屬於參加過世界大戰的人，還有少數文件的擁有者，是曾經在康斯坦夏谷服務的奴隸為數不多的識字祖先。

亞伯罕坐在櫃子對面的橡木椅上。他頭頂上乃至於整間圖書室的架子，放滿了艾麗莎的希臘文和拉丁文經典著作，還有與海地革命、俄羅斯革命、英國殖民史等主題相關的厚重書籍、劇本和小說。他意識到整間圖書室中，只有名字是他的。艾麗莎用她的東西占滿整個空間，將他放逐到只剩下眼前這兩個櫥櫃。

這難道是丹尼爾．羅斯的目光不斷游移過去的原因？圖書室其他地方都是排列整齊的書本，明明白白地訴說著世界的故事。但是，在這個永遠照不到自然光的角落，擠滿五花八門的東西，看起來既脆弱又破舊，彷彿羞於坦承它們可能知道的故事。他與艾麗莎之間的疏離，已經明顯到連從未見面的陌生人都能一眼察覺的地步了嗎？

他還談到沒有繼承人的事——難道許久以前的謠言又捲土重來了？在他們沉默寡言的

平靜生活之外，在過去的某個時間點，曾經有一些與艾麗莎有關的流言蜚語，內容不大友善。當然，她把那些事全都攬在身上。而身為她的丈夫，亞伯罕自然而然也被拖進這場苦難中。更準確來說，是他的男子氣概受到質疑，而最終的結論是他顯然缺乏男子氣概。要不然他的妻子（儘管她擁有原住民血統）怎麼會如此背離道德？

現在來了個丹尼爾．羅斯，他顯然是被省政府派來揭露那些最好拋到九霄雲外的往事，被派來仔細剖析亞伯罕的悲劇，逐一清點後交回給省政府，因為一個人平靜的生活就如同靈魂一般，是可以出售的。這個男人可以決定將那賣給別人或他自己，總之無論如何都可以出售。

亞伯罕的腦海中同時浮現好幾件事，首先，丹尼爾．羅斯是在反問他，還是真的想知道答案？其次，亞伯罕能夠說謊或隱瞞自己的選擇嗎？這讓他解答了一個特別難解的問題：丹尼爾．羅斯對他的人生細節到底明白多少？他對於艾麗莎和孩子們知道多少？他做出了什麼假設？更重要的是，他能挽救什麼？又有什麼是無法挽救的？

亞伯罕對於逐漸揭露的情況感到坐立難安，情勢顯然已經嚴重偏離正軌，更糟糕的事情可能隨之而來。他一度覺得自己無法呼吸。他覺得在跟某種自己不甚了解的東西賽跑，而他無法呼吸。

⋯

同一時間，保母葛洛莉亞告訴艾麗莎，一名來自國會的男子跟她丈夫一起待在圖書室裡。

艾麗莎問道：「他想做什麼？」葛洛莉亞不知道。艾麗莎繼續問她：「那男的說了什麼？」

葛洛莉亞回答：「她跟我打招呼，說要找老爺。老爺跟他打招呼後，就帶他去圖書室了。」

艾麗莎原本正在讀《孤雛淚》給女兒們聽，她們坐在水池邊，鴨子聚在一起享受著最後一點陽光，免得陽光洩進吹拂的風裡，白白浪費了——這幅景象是秋天的徵兆。遠方傳來人聲，雖然算不上美妙，卻令人感到平靜。農場工人有時候會唱歌打發時間，把辛勞工作的疲憊一點一點抖落到吹拂的風中。

葛洛莉亞跑到樹下來告訴她國會議員的事時，那幾近合唱的歌聲頓時碎成轟隆作響的嘈雜，暴力地衝擊艾麗莎的感官。

她迅速站起身來，她快要走到宅邸的門檻時，才意識到這一連串瘋狂的事情是多麼荒謬突兀。她轉身回去找葛洛莉亞，她仍然在池塘邊呆若木雞地站著。她說：「請把孩子帶去我房間，讓她們待在那裡。」接著她又開始感到恐慌，往圖書室奔去。

⋯

葛洛莉亞牽著孩子們的手，走向宅邸東側最裡面的房間，她們母親的庇護所。「待在這裡。」她一邊說，一邊將她們帶到母親的床上，「我去廚房拿蛋糕給你們。蒂朵，我的寶貝，照顧一下妳妹妹。我馬上回來。看好妳妹妹，好嗎？」她點點頭，蒂朵也點點頭。「別離開房間。」葛洛莉亞又點點頭，蒂朵也跟著點頭。

葛洛莉亞一鎖上房門，亞伯罕和艾麗莎的小女兒艾蜜莉亞就忍不住哭了起來。蒂朵只比她大兩歲，但她還是牽起艾蜜莉亞的手，有點不高興地問：「噢，艾蜜莉亞，妳怎麼哭了？」

「媽媽哭了。」艾蜜莉亞回答。

蒂朵自己也還是個孩子，女孩之間有個習慣，如果其中一個人哭了，另一個人也會很快跟著哭起來。蒂朵說道：「不，她沒哭。」

「她哭了。我覺得有壞人來了，蒂朵。不然媽媽不會哭的。」

「這裡沒有壞人，來吧。」她抱住妹妹，兩人一起等待房門再次打開，等待保母葛洛莉亞拿蛋糕過來。

⋯

艾麗莎衝進圖書室時，亞伯罕被迫從他所沉浸的想像世界中抽離出來。這場賽跑似乎白熱化了，進入了第二階段。

「啊，太好了！」羅斯先生開口：「很高興見到你，凡澤爾夫人。啊，我忘了說，嗯。我忘了說，但是別忘了，凡澤爾先生，還記得川斯瓦發生的那些怪事嗎？那邊發生的所有事，所有事情！你知道那些男人和女人都活在罪惡之中嗎？那些體面的男人，那些好人，都活在罪惡之中！我們不能這樣，不行！我們不能這樣。我忘了說，我得看你們的結婚證明。沒什麼大不了，就是結婚的證明。小事一樁，真的。小事一樁。只是要讓讓一切維持在正軌。」

還沒等到亞伯罕或艾麗莎開口，丹尼爾・羅斯顯然就想起了其他事情。他再次揮動雙手，搖了搖手指。「是這樣的，他們發現一個男人做了這種事。他和一個女孩住在一起。當然，是個原住民女孩。不丟臉，一點都不丟臉。地方法官請他說明，他在法庭上說自己想和女孩結婚。但是，法官說，這種事情是不對的，嗯。罪孽是無法收回的。不，不行！犯罪行為已經做了，這種事情是覆水難收的。犯罪行為已經做了，你懂我的意思吧？凡澤爾先生？」

亞伯罕太明白他的意思了，從艾麗莎站在角落雙唇微微顫抖的樣子，就知道她也十分明白。

「不論如何，丹尼爾．羅斯說，雙手一拍，「我們要完成這個，嗯……我想應該可以稱之為調查。不是嗎？可以的，沒錯，就稱之為房地產調查。聽起來很合適，我覺得很合適。」

這簡單幾句話，掀去了矇住亞伯罕雙眼的愚蠢想法。啊，這一切發生得是多麼快速。太陽下山又升起之後，他所有的希望就消失了。

贈予羈絆給這些孤兒

第二部

雜草亂糟糟地生長

蒂朵的母親從來不曾真的笑過——她不曾自在地笑過，也不曾快樂地笑過。她喜歡坐在垂柳下寫日記。不寫日記的時候，就是一封接著一封地寫信給外公和外婆，他們住在橫跨整個大西洋的、遙遠的英格蘭。不寫信的時候，她便只是坐在樹下，彷彿在守護著它。

在正午傾瀉而下的陽光中，她的肌膚閃閃發光，陽光四散成萬花筒般的色彩，在她的肌膚上舞動著，碎裂、融合又再次溶解，接著光點又很快收合起來，恢復她原本黝黑的膚色。穿透樹冠落下的陽光彷彿雨點，這裡灑一點、那裡灑一點；接著樹枝抖動，光點也隨之移動，用陽光與陰影彩繪起她的母親，照亮她淺色的洋裝、她的帽子，甚至是她嚴肅的雙眼，光線如同海浪般輕柔地拂過她的身體。

她的頭靠著樹幹，伸直雙腿、閉上雙眼，彷彿祈禱的姿勢。她看起來非常平靜，露出好似微笑的表情。落葉在她身邊輕舞，彷彿是她的侍者——落葉乘著微風飄浮，直到順從地落到地面上。幾片落葉飄到她的肩膀和頭上，每一片都如此輕巧從容，宛如昏睡的鳥兒。

夏天才剛離開不久，與月亮一起離開了。秋天的到來將樹葉染成金黃色，葉片的色彩讓她的母親看起來像個女王。

蒂朵喜歡坐在樟樹後面偷看母親，小心翼翼地不讓她發現自己。如果總是神出鬼沒的艾蜜莉亞承諾保持安靜，蒂朵就會讓她和自己一起待在樟樹下，一起進行這古怪的守衛。這是一件極其沉悶的事情，而且艾蜜莉亞經常打破承諾，抱怨起這有多無聊。「一點都不好玩。」她說：「我們來玩遊戲嘛。」

對蒂朵而言，專注被打斷就像在夢中向下墜落，害她突然就醒過來。「等一下。」她回道。

艾蜜莉亞抗議：「太陽很快就下山了。」

「還有明天呢。」

「但是我明天不想玩。」艾蜜莉求她：「拜——託。」她把這兩個字拖得很長，因為缺了牙說話漏風而口齒不清，尾音揚得高高的——這在她掉牙之後成了她一貫的說話方式。

「我保證明天就不玩了。」她說：「妳想做什麼都可以。」

「什麼都可以？」蒂朵問。

「我想想看……」

「否則我不會離開樹下陪妳玩。」

「好吧，好吧。」艾蜜莉亞說：「可是上次妳說想抓小鳥，那只有一開始好玩。這次要做我也能做的事情。」她強調這幾個字的時候瞇起了眼睛，左腳一邊有節奏地踩踏。「妳要答應我。」

「可是不試試看的話，怎麼知道妳能做什麼。」

「我知道我抓不到小鳥，沒辦法游過整條布里德河，或者一路爬到屋頂上。所以我們不能做那些事。」

「我答應妳。」

「謝謝妳。」艾蜜莉亞跪下來親了蒂朵的臉頰。她壓低音量，彷彿她一跪到地上就得改用氣音說話。「妳覺得我們能不能爬到桌山山頂上，看看凡亨克斯船長和魔鬼到底在不在？」

「妳光是爬房子就累了……」

「那是因為葛洛莉亞保母在看我們！」

「她沒有。」蒂朵回道：「妳喘不過氣，所以我們只好爬下來。」

「就算她一開始沒看到，之後也會看到。我的鞋子都髒了……」

「所以我才把鞋子脫掉。好，不管那個了。我覺得我們甚至到不了山腳下，這會比去河裡游泳遇到更大的麻煩。」

「我只是想……」艾蜜莉亞的話語消失在沉默中，她沒能成功想出獨一無二、大膽又可行的冒險計畫，因此癱坐在一旁，漂亮的小臉蛋逐漸憂傷起來。此時的她與她們的母親一模一樣——陰鬱、沉默，在一棵枯樹下堅守崗位。

為了安慰她，蒂朵說：「等我們年紀大一點，等我差不多十三歲左右，就可以請爸爸讓我們去。」

「那還要……」

艾蜜莉亞試著自己數，不過蒂朵替她算完了。「四年。」她說。

「妳保證會記得？」

「我保證記得。」

「好。」艾蜜莉亞同意了，一個勁地點頭。「妳現在想玩什麼？」

艾蜜莉亞聳聳肩。「不知道，我只是想跟妳玩。」

蒂朵笑了，她從樹下一躍而起，大喊道：「我敢說妳永遠抓不到我。今天抓不到，再過一千年也抓不到！」

艾蜜莉亞立刻跳起來追上去。一如既往，保母葛洛莉亞負責提醒她們小心安全。「注意腳下！」她一邊揮手一邊喊著。

她們的母親從白日夢中醒過來，看著兩個女兒像瘋子一樣追著彼此。她搖了搖頭，不過並不反對。看到保母葛洛莉亞一直看著女兒們，她喃喃自語了幾句便再次閉上眼睛，而蒂朵聽不見她說了什麼。艾蜜莉亞絲毫沒注意到母親那一秒的清醒，繼續開心尖叫著。為了不讓妹妹注意到這件事，蒂朵遠離柳樹，往西邊的酒窖和池塘跑去。他們背後的葡萄園逐漸變得模糊，宅邸慢慢浮現在眼前；而東邊有一團雲霧圍繞高地山區舞動著。

蒂朵繞著艾蜜莉亞蹦蹦跳跳，宛如她們母親身邊的落葉。她往右邊跑去，艾蜜莉亞便追過來；接著她往左跑，艾蜜莉亞也跟上去，她的動作迅速敏捷，彷彿不知疲倦地抬腿狂奔，但還是與姊姊的裙襬差了那麼一點距離。

「妳作弊。」艾蜜莉亞抗議：「妳不可以假裝往一個方向跑，然後又跑去另一邊。」

蒂朵大笑起來，說道：「妳應該跑快一點。」

「對，但是妳要我。」

「妳承認妳輸了嗎？」

「才沒有！」

「那就證明給我看。」

「我會！」

她們又燃起興致繼續跳起舞來，她們在混種橄欖樹旁邊繞圈，又跳向宅邸附近那棵矮小的灰針墊木。灰針墊木在夏天綻放巨大的花朵時，花蜜鳥會啾啾叫著，表達牠們的感激之情。秋天也讓那些花枯萎了。

蒂朵和艾蜜莉亞一前一後地奔跑時，她們的腳踩鬆了泥土，無數顆種子隨之飄進從海上吹來的陣陣微風中，多不勝數的種子，就這樣慢慢地乘風飄到某個陌生的平原。微風吹散了她們的足跡。她們踩到新的土地，就攪亂更多沙土。她們轉了一圈又一圈，直到舞步引領她們來到宅邸東側那面竄上天際的山牆。因為回頭的路是下坡，所以她們的舞跳著跳著，很快就回到了樟樹下。

她們的舞蹈在那裡結束。「我抓到妳了。」艾蜜莉亞高聲宣布，一手抓住蒂朵的手臂。「我沒有花一千年，甚至不用花上一天！」

蒂朵回道：「是我讓妳抓住我的。」

艾蜜莉亞說道：「妳每次都這樣說，但我知道不是這樣。如果妳來追我，我敢打賭妳要花超過一千年才抓得到。」她說完便蹦蹦跳跳地跑開，往她們母親坐著的柳樹跑過去。艾蜜莉亞一邊跑一邊開懷大笑，蒂朵決定先不要結束遊戲。

艾蜜莉亞在赤楊木旁邊停下腳步，對蒂朵說：「這樣好了，如果妳一分鐘內沒有抓到我，就算我贏。妳就要給我一個獎品。」

蒂朵看到母親又醒來了，她似乎無法在兩個女兒的嬉鬧聲中尋得片刻寧靜。她重新打開日記本繼續書寫。蒂朵小心翼翼地看著她，忘了妹妹還在等待回答。就在此時，一陣比微風強勁許多的風從斜坡下吹了上來，讓母親的日記書頁不受控制地翻動，她的臉因為惱怒而皺了起來。

「蒂朵。」艾蜜莉亞喊道：「蒂朵，妳有聽見嗎？」

「我聽見了。」蒂朵回道，一邊將視線從母親身上移開。「但我覺得不應該現在決定獎品，應該等妳輸了之後再決定。」

「我不會輸的。」艾蜜莉亞說。

「等著瞧吧。」

艾蜜莉亞大笑起來，她們的母親開口說道：「贏的人可以選今天晚上的床邊故事。我原本打算說的，是關於另一個世界的食人族、吃小孩的巨人、巫婆和魔偶，與所有壞東西有關的故事。那真的很恐怖，你們聽完之後會連閉上眼睛都不敢。光是恐懼就會把你們吃掉，就像巨人一樣。」她停頓一下，然後聳聳肩。「或許我會以後再說這些故事，等妳們長大一點，不那麼容易受驚嚇的時候。在那之前，贏家整個星期都可以選擇想聽什麼樣的故事。」接著，蒂朵詫異地發現，她的母親竟然露出了最甜美的笑容。「妳們接受嗎？」

艾蜜莉亞拚命點頭。「那我們可以喝柳橙汁嗎？還有吃甜點，還有其他我們想到的事，都可以嗎？」

「都可以。」母親回答。

「蒂朵，妳也同意嗎？」

「好。」蒂朵回答。

艾蜜莉亞開口：「那開始之前，我想問如果蒂朵妳贏的話，會選什麼故事呢？」

「當然是有巨人、巫婆、魔偶和壞東西的故事。」

艾蜜莉亞看著天空，放在背後的雙手握了起來，額頭因為用力思考而皺在一起。她對自己的決定感到滿意後，便開口：「我原本打算讓妳贏的，但是我現在不想了，我不想聽食人巨人的故事。」

「巨人吃小孩的話就不算人。」蒂朵反駁她。

「巨人是人，他們只是很大，但他們還是人。」

「不，他們才不是。他們是巨人。」

艾蜜莉亞轉向母親：「媽，巨人不是人嗎？」

她們的母親聳聳肩：「誰知道？我只能說，如果蒂朵贏了，我可能就知道答案了。不過，如果她輸了……」她又聳聳肩，「我們可能就永遠都不會知道了。」

「我很好奇，但也很害怕。」艾蜜莉亞說。

「那我們說定了嗎？」蒂朵問艾蜜莉亞：「你要讓我贏嗎？」

「我們走著瞧。」艾蜜莉亞抛下這句話，再次拔腿狂奔。她像先前一樣，一邊跑一邊開懷大笑。她飛奔穿越樹林，簡直像松鼠一樣敏捷，一溜煙從阿瑟蓋槍樹跑向柳樹，再跑向赤楊木，隨後是帝王花、凡波斯、柯布恩木和雜草亂糟糟地生長的小溝渠；越過小溝渠後，她直直奔向葡萄園，那裡的斜坡連綿起伏，秋日的黃、褐、金色永無止境地渲染田野。

艾蜜莉亞頭上的蝴蝶結鬆開，被風吹走了，她的鬈髮在身後狂野地飄舞著。她笑得更厲害了。蒂朵聽見母親也笑了起來，她霎時停下追趕的腳步，回頭望向柳樹，看見母親站在那裡幫她們加油，一邊大笑。「妳快輸了，蒂朵。」艾蜜莉亞說道：「時間快到了。」

「我知道。」她喃喃自語著：「我不在乎。」

現在最困難的部分是盡可能躲開艾蜜莉亞，越久越好，而且不能讓她發現自己的花招。所以蒂朵一邊跟在妹妹身後，一邊在葡萄藤中穿梭前進。她們每隔一陣子就會回頭，往山坡下柳樹的方向跑去，這時蒂朵就會朝柳樹偷瞄，確定她母親愉快的模樣不是出自她的幻想。她每一次證實那真的不是幻想時，心臟就怦怦跳動。啊，這是多麼甜蜜的畫面，蒂朵告訴父親時他會多麼開心呀。當他知道母親的悲傷又開始好轉時，會有多開心呀。

蒂朵知道這段時光可能會和過去每一次一樣，稍縱即逝。它一再重複，直到苦澀的沉默一如既往回歸。那會吞噬她的母親，讓她陷入孤獨的愁雲慘霧。蒂朵明白，它終究會回來，而且也許會更加強烈。但是那不重要。此時此刻，她的母親是快樂的。

天鵝公主的故事

母親的頭靠在床柱上，腿裹在毯子下，輕柔地翻著她的日記。她說了天鵝公主探索神祕月球國度的奇遇故事。

艾蜜莉亞坐在母親右邊，頭枕在母親的胸口，半條腿擱在母親的大腿上。她的拇指放在嘴裡含著，手臂緊緊勾著母親的手臂，看起來就像一幅寧靜祥和的圖畫。蒂朵選擇坐在床沿。她彎著身子，手肘抵住膝蓋，兩隻手握拳托腮。看見母親如此快樂的樣子，她感受到喜悅在內心深處跳動；她聽見母親說的話，卻沒有認真聽進每個字。蠟燭的火光輕柔地舞動，在她母親身上遊走的光，為她的臉繪上一抹金色光彩，照亮了她好轉的心情。這是蒂朵第十三次聽這個故事。

她母親說道：「她找到黑沙漠中的部落時，發現他們是一群和善的人。他們對天鵝公主說：『妳會給我們帶來更多戰爭嗎？新來的旅行者？妳會帶來更多盜賊竊取我們的財寶嗎？』公主在酋長面前跪下，表示懺悔。

「她告訴酋長：『我不會帶來戰爭，偉大的酋長，不會有盜賊和新的災難荼毒您的人民。我是來尋找生命的。我為那些比我早到來的人所犯下的罪行尋求原諒。我請求您聽聽我的訊息。我請求您許我一條跨越河流的道路。』那就是她……」看到豪飲三杯柳橙汁後心滿意足沉沉睡去的艾蜜莉亞，母親便不再說下去了。

「妳妹妹向睡意投降了。」母親說：「妳要再喝些果汁嗎？蒂朵？」她一邊說，一邊忍不住睏意打了個哈欠。

蒂朵回答：「不用，謝謝。」

「好。」母親說。她用奇怪的眼神瞧了瞧蒂朵，似乎有點擔心。蒂朵被盯得有點不好意思，便移開了目光。母親的身體前傾，輕輕抬起蒂朵的下巴，看著她的臉。「妳長得最像我。」她說：「比妳妹妹還像。妳遺傳了我的憂傷，什麼都逃不過妳的眼睛。妳太常沉浸在回憶中了，不管是好的或壞的。我原本不希望這樣。我希望妳屬於這裡。但是，唉，一切還是發生了。」

蒂朵望著母親，發現那不久前還在的快樂已經消失無蹤，取而代之的是那熟悉的、一直糾纏著她的蒼涼。蒂朵哭了。她的父親沒能親眼見到母親最快樂的樣子。就算艾蜜莉亞和葛洛莉亞都這麼說，他也不會相信。啊，轉變來得是如此突然，又如此徹底。

她感到眼淚不受控地撲簌落下，雙眼刺痛，心臟因為憂傷而快速跳動。「對不起，媽媽。」她說：「我不是故意讓妳難過的，我會多喝一點柳橙汁。我不是故意這麼沒禮貌的，我絕對不是……」

她母親搖搖頭，拍拍大腿，示意蒂朵坐上來。她擦乾蒂朵的眼淚，抱住了她。「妳讓我很快樂，蒂朵。」她說：「妳愛我，我也愛妳。有那麼一段時間，我是值得擁有妳的。這不是我想要的樣子，請妳相信我。」

蒂朵張口，卻說不出話。她的喉嚨只能夠呼吸和發出小小的嗚咽聲，所以她無法開口向母親說：**請別再傷心**了。她能做的只有依偎在母親的胸口，試著喘過氣來。

「來，我的寶貝。」她母親說道：「睡吧。」

依偎在母親胸口的蒂朵點點頭，努力眨眨眼睛，不讓眼淚流下來。

牆上掛了一幅畫，畫中是一幢巨大的茅草屋，用高低不平的木頭柵欄將自己與世界隔絕開來。屋旁有十二個年輕男子排成一列，除了身上掛著的幾串珠子，還有一張遮住私密部位的牛皮，幾乎全身赤裸。他們的皮膚塗上了某種儀式用香膏，看起來是紅色的，保母葛洛莉亞說那種香膏叫「雷赤古」。他們低垂著頭、雙手緊握，彷彿是擔心牛皮不足以守護他們的尊嚴。有一位年輕男子身上的衣飾明顯比其他紅皮膚的年輕人多，他站在隊伍最前面，將手上裝飾華麗的棍子高高舉向天空，向任何一個膽敢反抗他權威的人發起挑戰。

那個領袖正在聽一首歌，蒂朵思忖著。他茫然的雙眼似乎對眼前所見漠不關心，只能永遠平靜地凝視畫布之外——他謎一般的想法永遠困在了畫家的筆下。排在最後面的年輕男子，打扮與領頭的男子相似。他也在聽一首聽不見的歌曲。

蒂朵曾經問母親這些紅皮膚的年輕人是誰，他們是保母葛洛莉亞的族人。他們剛從山中回來，他們在這一輩子最寒冷的寒冬中學習成為男人。根據保母葛洛莉亞所言，守護者唱的歌是一種祕密咒語。那是一場由人類的美德承繼的神聖儀式，是一種勇氣與愛的承諾，注入時間、空間和世間萬物之中。

蒂朵欣賞這幅作品的同時，眼淚也乾了。她緩緩閉上雙眼，思緒編織起紅皮膚年輕男子的故事。假如她是畫家，她可能會讓他們抬起頭來，露出面容。她可能會在他們眼中畫上喜悅，還有希望和驕傲；畢竟他們得到如此有價值的成年禮，難道不會擁有這些心情嗎？

她筆下的年輕男子會知道關於族人的每一個謎團，還有每一個曾經活過的人的秘密。多年後的某一天，另一個孩子會抬頭看著那些充滿喜悅的臉龐，想著：只有睿智的畫家能**解放她筆下的孩子**。想到這裡，蒂朵感到自己露出微笑。但是她無法確定。她的意識飄盪在清醒與模糊之間。她究竟是真的看見紅皮膚的年輕男子，還是夢見了他們？

那個關於孩子的幻想——多年後的她——在她的腦海中游進游出，一遍又一遍地在夢中變形，哄著蒂朵沉入母親雙手的撫慰中。蒂朵一點一點地吞下因為啜泣而產生的嗝。「好的，媽媽。」她輕聲說道。很快地，她雖然還不想睡，卻陷入了深深的睡夢中。

⋯

一陣煙味讓蒂朵醒了過來，煙味讓她的肺和雙眼像是燒起來一樣，比碰到毒藤還難受。熾熱的火焰讓她汗流浹背，她嘗試好幾次，都無法出聲呼喚母親和艾蜜莉亞。她不斷咳嗽，直到她確信自己已經在灼燒和咳嗽中死去。

她感覺全身的血液都被抽乾，而她的頭好像已經不再屬於她。她的頭沉甸甸地壓在她的肩膀上，她的身體也變得沉甸甸的，讓她無法離開床鋪。她想尖叫、想呼救，但是從她口中傳出的只有一連串劇烈的咳嗆。她睜開眼睛尋找母親和妹妹，想把她們搖醒。

屋裡所有東西都著火了，甚至連紅皮膚的年輕男子都燒成灰燼，只剩下曾經框住他們的金色相框還在原位。在這永無止境的噩夢中，有那麼一瞬間，艾蜜莉亞和母親似乎也著火了。蒂朵閉上眼後再次睜開。她的心臟狂跳，發現自己又被想像力給騙了。她們躺在那裡，完好無缺，沒有燒傷。

雖然她們兩人都動也不動地躺著，像是她和艾蜜莉亞有一次在河邊發現的死貓，但是她們並沒有像火焰或餘燼一樣發紅，或者像屋頂的茅草、床柱、窗簾、落下的灰燼和所有著火的東西一樣變成紅色。

就在此時，她的母親咳了幾聲，蒂朵看見她的嘴唇上有血絲。她痛苦地睜開眼睛，蒂朵在那短暫的瞬間，看見她眼中流露驚懼的懇求，讓蒂朵感到害怕。毫無疑問，看著她母親毫無生氣的雙眼，她知道母親遭受的痛苦超過了平常所受的折磨。她在垂死掙扎。

「我們燒起來了。」蒂朵說道，希望能嚇嚇她的母親，讓她從無情攫住她的混沌狀態中掙脫出來。她母親的回應是再次閉上眼睛。蒂朵再次嘗試，但是母親沒有再醒過來。蒂朵在高漲的恐懼中回到艾蜜莉亞身邊。她絕望地搖著妹妹，想讓她活過來。「拜託快醒來，艾蜜莉亞。我們燒起來了。」她不斷重複著，一邊咳嗽一邊艱難地呼吸，傾瀉而下的淚水濡濕了整張臉。「拜託快醒來。」她懇求道。艾蜜莉亞並沒有醒來。

蒂朵感覺這是另一場夢，這一切都是一場令人不快的夢，她感受到的濃重睡意就是證明。等她們都醒來後，她想告訴母親這件事。

她再次閉上雙眼，她試著不要閉上眼睛，但是都不重要了。那只是一場夢，早晨來臨時，她們就都會活過來。她感覺自己的肺停止呼吸了。

夢境越來越昏暗……逐漸沒入她的內心深處……她母親的雙唇不再流血。艾蜜莉亞不再靜靜躺著，而那個夢境夢境夢境……只是一場夢境——

⋮

有人……蒂朵不確定是誰，但是有人在某個地方，不知道正在用什麼劈砍她母親的房門。用一把斧頭，對。那個人還吆喝著呼喚其他人，某個在某處的人，在某處做著他不應該做的事，一件不應該在那時候做的事情。她也聽見父親的聲音。他用盡力氣大喊，呼喚人們按照**他**的指示做事。

太多聲音、太多語言，還有太多咯吱聲、破裂聲和劈啪聲，每一種聲音在蒂朵聽來都沒有道理。而某個人在某個地方……聽起來像是保母葛洛莉亞，蒂朵難以確定。但是保母葛洛莉亞跟那群男人在一起，做著她不應該做的事情。她尖聲下達指令、大哭、向父親保證某件事情，某件蒂朵無法理解的事情，然後又尖聲喊叫著更多話語，讓刺耳的嘈雜變得更加混亂。

蒂朵後來意識到，一定是父親將她從床上抱走。她試著告訴他母親流血了，而且艾蜜莉亞變得死氣沉沉。但是她的頭好重，而且她感覺自己又開始作夢。

火終於不再燃燒，那是好事，她心想。沒有落下的灰燼讓她兩眼一黑，她肺部的酸楚感也在睡夢中緩和了。但是她隱約察覺到有人點起一盞蠟燭，火焰的陰影舞動的樣子，與她母親的蠟燭一模一樣。

這幅景象讓她希望自己回到不久前意識不清的時刻。至少在那裡，在沉默和黑暗之中，她不會害怕蔓延的火勢和張牙舞爪的火焰。

她覺得好像聽見父親哭泣、尖叫、再次哭泣、咒罵、尖叫，又繼續哭泣。永無止境又無比荒誕。他是那樣溫和的人，她的父親。看見他如此焦慮，幾乎和看見她母親沉默的懇求一樣令人害怕。噢，她好想求他停下來。她也好想帶走他的悲傷。但那只是夢境，蒂朵依舊無法開口。有什麼東西卡在她的喉嚨裡，不，那不算是一個東西……而是一個感覺，一種感覺。她無法張開嘴巴，而那種感覺讓她又想哭了。

終於，在她最後的清醒時刻，他父親悄聲對她說了一句話。「拜託快醒來。」她認為自己聽到了這句話。蒂朵的回應就如同她先前回應母親的方式，她往父親懷裡鑽去，飄進了無意識中。

餘燼和爛泥

黎明前的一個小時是最冷的，天空因夜晚而漆黑，而夜晚闃寂如死亡。如果一個人能夠耐心熬過那一小時，見證太陽宏偉的誕生，他就能得到壯麗的獎賞。在世界各個角落活躍的生命，就像是個交響樂團。公雞為整首交響樂起頭，在夜晚的黑暗消散之際，高聲宣布萬物的甦醒。

其他鳥兒聽聞呼喊便展翅飛翔。寒氣隨著薄霧散去。夏天，山脈、田野和人們的色彩都綻放煥然一新的光彩；而到了冬天，則是海洋與沙漠的色彩綻放。它們會像太陽一樣重新誕生，這是忍受黎明前嚴寒的耐心男子會得到的慷慨贈禮。

當亞伯罕還沉醉於愛情，還因為青春正盛而精神振奮的時候，他會前往所有妻子想去的地方旅行。他們一起到北方，拜訪位於南羅德西亞邊境的部落；接著往更北方到撒哈拉沙漠邊緣地帶，那裡的沙漠民族會開著他們的旅行拖車，尋找總是難以捉摸的綠地。他甚至旅行到印度殖民地，踏足所有她想去而且能夠去的地方。就亞伯罕目前所知，每個地方都存在那寒冷的一個小時，在這一小時中，人們或許會在悲傷中思索人生的所有失敗與成就。這是一個星期內的第二次了，在那最寒冷的一小時裡，他坐在床上，細細數點他做過的每一件事。經他這樣一數才發現，他失敗的次數遠遠超過成功。

屋外的火焰仍在熊熊燃燒著，從水壩跑來的人們提著水桶救火，因此火焰雖然繼續燃燒，它的熱情卻漸漸死去。一陣風從西北方吹來。亞伯罕害怕風會助長火勢，從妻子房間那一側蔓延到房子這一頭來，也就是他現在正坐著哀悼與守衛的地方。但是並沒有。這一陣風將竄起的火舌壓到地面上，至少在亞伯罕看來是如此。風雖然餵養了火焰，但也扼殺了每一個踏著興奮舞步，威脅著要逃出搖籃、大肆破壞的火苗。

然後風就離開了，向盤旋在上空的稀疏烏雲召來毛毛細雨。葛洛莉亞說這一定是祖先出手了，因為風可不會扼殺火焰，也不會從稀稀落落的烏雲中召喚雨水，僅留下最脆弱渺小的火苗。有些人點頭表示贊同，亞伯罕則不這麼認為。

「先生，找不到您要找的文件。」葛洛莉亞走進房裡說道，讓亞伯罕從沉思中回過神來。「放在東側的文件全部燒毀了，火似乎是從艾麗莎夫人保存文件的地方燒起來的。」

他看到她平日總是充滿喜悅光彩的雙眼，現在因為悲痛和疲憊而發紅。濃煙讓她從頭到腳蓋滿灰燼。因為勞動奔波而流下的汗水浸濕了她的洋裝，整件緊緊貼在身上，而衣物沒有覆蓋到的地方——她的手臂、脖子和臉，則因為汗濕而發亮，像是擦上了香膏。她已經丟掉頭巾，一頭又粗又硬的頭髮沾滿灰燼、塵土，還有火焰留下的痕跡。

「什麼物品都未能保住嗎？」他用往常與她對話的方式問道，也就是不純熟的阿非利加語中間夾雜著荷蘭語。這讓他講起話來十分生硬，也顯得太過正式，但是他只能做到這樣。況且現在不是擔心用語的時候。

葛洛莉亞點點頭。「沒燒壞的東西也被水給毀了。」她用流利的阿非利加語回答。比起說英語，她說阿非利加語時顯得自在多了，也許是因為那是一種廚房語言，源自適應了勞役工作的奴隸與僕人。出於需要、創新，以及數十種文化的融合，他們醞釀而成的一種語言。他們在語言中看到一部分的自己。他們忠於這個語言。「什麼都沒了，全部都變成餘燼和爛泥了，先生。」她的話語彷彿回憶，彷彿噩夢的回音。無論亞伯罕怎麼嘗試都無法從中清醒。

「火勢會蔓延嗎？」他問道。

「不會，先生。」葛洛莉亞回答：「毛毛細雨變成大雨了，雨水會讓灰燼冷卻，也會阻止火勢蔓延。但是就算沒下雨，他們也做好其他準備了。水壩裡有水，法魯克和他那班人會繼續看守到天亮，之後由塔利克和他的人接班守衛。」

「謝謝妳，葛洛莉亞。」

她回答：「沒問題的。」

「沒問題的。」亞伯罕暗自重複，他搖了搖頭想釐清思緒，卻徒勞無功。「葛洛莉亞，妳覺得我是造成這場悲劇的壞人嗎？」

葛洛莉亞看著他，彷彿在等他開口說下去。眼看他沒有打算繼續說，她走了兩步，站在她認為適當的位置後，開口說道：「我想我沒聽懂。」

亞伯罕說：「我坐在這裡，身邊只有一個孩子，沒有另一個孩子。守護著她，卻沒有守護另一個。這是件簡單的事，卻訴說著重大的訊息。我向妳保證，我妻子可不會漏看這種小事。她沉湎於所有針對她的犯罪，不管是輕是重、是真是假。她看見一切，並且覺得那些事情跟太陽升起或四季更迭一樣重大。」

「她認為我是造成她所有悲慘的始作俑者，這似乎就是她的故事的結尾。我在她生前就是壞人。根據她縝密的計算，我現在依然是壞人。所以我要問妳，妳是怎麼想的？」

「先生。」葛洛莉亞回答：「我不覺得您做了壞事。這種時刻所有人都束手無策。但是，在其他人可能因為痛苦而崩潰的時候，您卻有勇氣從火災中救出女兒。她現在在這裡，活得好好的。沒有人能指控這樣一個人做了壞事。」

「把她從火場中救出來只是一件普通不過的事，與我是或不是壞人毫無關係。」

葛洛莉亞開口時，手朝蒂朵比了比，她眼中充滿愛與渴望，彷彿她是他女兒的母親。亞伯罕深知葛洛莉亞也感受到他心中的痛苦——心臟沉重地跳動著，一下接著一下，直到只剩下疼痛與悔恨，悔恨著這樁他深怕直到死去都無法完全理解的罪行。

她說：「孩子醒來時，她會問：『是誰把我從那場差點奪走我的火災中救出來？是誰將空氣吹進我的肺，讓我活過來？』我們會告訴她：『是妳父親，他愛妳勝過他自己的性命。』這些話會讓她充滿喜悅。她知道事情的全貌後會感到悲傷，但是喜悅會存在，深深刻在她心底。」

「如果這不是您想聽到的實話，那麼您想想看：如果您守著一個不在世上的女兒，另一個女兒卻一頭被溫柔地繫在生命世界、另一頭被繫在靈魂世界，那樣是好事嗎？我不覺得，這不是好事。」她說完搖了搖頭。

「妳這麼想嗎？」

葛洛莉亞點點頭。「我是這麼想的，您不相信我說的話嗎？」

「我相信妳認為自己所言屬實，但是究竟是不是真的，我必須自己決定。」

蒂朵輕輕咳了一聲，她癱在床上，正在跟某個想從他身邊偷走她的天使爭奪性命，亞伯罕感覺一股怒氣由內心深處油然而生。他突然重新醒悟，這完全證實了艾麗莎的邪惡。在她不屈不撓地威脅要離開他，回到西印度群島之後，她終於做出了不可挽回的決定。你不能說她是個意志堅定的女人。不。她可以輕易地展開計畫，但是也可以輕易地放棄。她做其他事情都提不起勁，但是對她的死亡卻做得非常徹底，既展現她的天賦又達到戲劇效果。

她似乎是先服毒，嘴唇上的血跡暗示了這一點。接著她想起兩年前的那場悲劇，一場惡火摧毀了附近的大康斯坦夏酒莊宅邸，因此她在兩人疏遠後她獨居的房屋東側放火，確保自己的死亡沒有任何獲救的機會。但是正如她人生中的其他事情，她不論想做什麼都不太成功；毒藥似乎早在火焰爬上她的身體前，就已經殺死她了。

總有一天亞伯罕會告訴蒂朵這些事情，她將會明白自己這次在鬼門關前走一遭究竟是怎麼回事。但是她也可能不會明白。她可能會反過來看穿他這麼說的動機，是因為他是艾麗莎一切悲慘的始作俑者，而這是他最恐懼的情況。在艾麗莎心中，她不曾被愛過。她認為這個充滿敵人的世界是由某個惡毒的神靈所設計，唯一的目的就是折磨她。她最終認定他就是那個惡魔。她誕下並哺育自己的憂傷，最後將自身的怯懦加諸在他女兒身上。蒂朵可能會遺傳到她母親的本性。她可能會認為自己無人喜愛。她可能會像艾麗莎最後那樣痛恨亞伯罕。

他在接著開口前猶豫了一下，因為他害怕自己的悲痛會帶他走向不該踏足的領域。但是，如果一個人不能在悲痛冰冷的爪牙下，做點不得體的行為、說點不得體的話，他還有什麼時機能這麼做？因此他給了自己這個平常不被允許的恩惠，決定繼續說下去，他絕望地問葛洛莉亞：「蒂朵知道我愛她，對吧？」

葛洛莉亞順從了這樣的不得體，她把手放在他的肩上。亞伯罕感到自己點了點頭。他感到自己擦掉了右眼滴下的一滴眼淚。然後他祈求，就連這個時候他也希望聽見自己說出那句話，但是他沒辦法，所以他點了一下頭作為回答，希望那樣就足夠了。「她會的。」葛洛莉亞說。這句話讓亞伯罕舒緩下來。他渴望停留在葛洛莉亞給予他的短暫緩刑中，因為這短暫的時光下一秒就會煙消雲散。

他下沉到更深的無助中。「艾蜜莉亞……」他一說出這個名字，眼淚便簌簌流下。在他鼓起勇氣完整說出想法之前，嗓子就啞了。他感到羞愧無比，伸手擦掉充滿罪惡感的淚水。

葛洛莉亞此時早已向淚水屈服，亞伯罕因此閉上眼睛。他可能還禱告了，他自己也不確定。他這輩子只禱告過一次，就是在他母親行將就木的時候。她最終在平靜的睡夢中離世，醫生是這麼說的。而他的小女兒，他可愛又溫柔的艾蜜莉亞的死亡，似乎也一樣沒有意義。

葛洛莉亞比他更快從無助中恢復過來，此刻正溫柔地告訴他這樁悲劇波及的範圍。亞伯罕試著聽她說，試著一字一句記下；但是他每花一分力氣，他的心就更碎了一些，他的靈魂又離開了一次，那重擊他的痛苦再度籠罩著他。要是一切能夠倒轉就好了。要是他能夠證明這全都只是荒誕的幻想，他也許又能夠輕鬆地呼吸。「塔利克還在守著艾蜜莉亞嗎？」他問道。葛洛莉亞點頭，他繼續說：「請妳待在這裡陪蒂朵，我必須到艾蜜莉亞身邊。我覺得……我覺得我必須看看她。」

「先生，必須先將艾蜜莉亞清乾淨。」葛洛莉亞說：「您的手必須抹上鹽巴。您現在不能碰艾蜜莉亞，否則死亡的惡兆會一直跟隨，直到您離世那一天。」

「她是我的女兒……」

「她不在這個世界上了，先生。恕我直言，您不能為死去的孩子守夜，又在毫無保護的情況下回到活著的孩子身邊。如果您這麼做，那活著的孩子也會遭遇不幸的。」

「那就把該死的鹽巴拿來！」他吼道。

受到驚嚇的葛洛莉亞縮了下去，但是身為一個敬業的僕人，她馬上恢復過來。她平靜地向他鞠躬，彷彿這分苦難是能夠挺過的，然後優雅地走出房間。

「再把醫生帶來！」他在她身後大吼著，接著他就對自己的失控感到後悔。他的失敗不應該由她承擔。而且她很愛艾蜜莉亞。她的淚水已顯示了她心中的痛苦。「葛洛莉亞。」他喊道，希望她還沒走遠。「請妳回來一下。」

「怎麼了?先生？」她走回房間。

「謝謝妳，妳一直……」他試著找到合適的字眼，但是他覺得自己的頭彷彿被千刀萬剮一般。他深深嘆了口氣，又試著開口：「妳一直……如果只是說妳有用，就是貶低了妳的價值。但是在這個艱難的時刻，我混沌的腦袋只能想到這個詞。請理解我的口氣只是因為我累壞了。如果情況更單純一些，我會對妳更和善，至少就像妳一直以來對我那樣。」

她點點頭。「沒問題的，先生。」她說。

「沒問題的。」亞伯罕暗自重複，搖了搖頭以釐清思緒。那個讓人思索人生的寒冷的一小時，是亞伯罕無法逃離的瘟疫。

天空因為夜晚而漆黑，而夜晚闃寂如死亡。如果他有勇氣忍受那一個小時，記錄下太陽刺眼的誕生，他必定會因為其他瑣碎事物的存在而飽受折磨：在世界各個角落撲動的生命，無論再多都無法挽回他死去的孩子。公雞為整首交響樂起頭，在夜晚的黑暗消散之際，高聲宣布無足輕重的萬物甦醒。
破曉了。痛苦仍踏著沉重的步伐，一遍遍地襲來又遠去，襲來又遠去。

碰撞出各種矛盾

葡萄園再過去是一座山丘，那裡是莊園的最高點。亞伯罕站在山丘上，這裡可以俯瞰周遭的一切——河谷將自己鑿成隱密的避風港，讓膽小的生物和不知名的花朵棲息其間；接著河谷再次舒展開來，像探尋生命的孩子一樣伸展自己；然後河谷屈服於井然有序的農地，像葡萄園一樣被辛勤耕耘，最後延伸到酒窖時陡然拔起，就像他那燒得只剩半棟的房子。

假如他遮住照進眼中的陽光，向東邊看去，會看見山脈的陰影，他曾經在那片山麓獵過伊蘭羚羊。他當時帶著蒂朵一起。因為艾蜜莉亞年紀太小、太柔弱，而那片山脈又太遠了。那彷彿是許久以前的事。山丘本身恰似一道亞伯罕抓不住的魅影，它宛如哨兵，望見一切，除了燒毀的房子之外，周遭的事物都很美麗，那是適合孩子安息的地方。令人悲傷的是，因為孩子仍未長大，這裡也成為適合母親一起安息的地方。

在亞伯罕家工作的人全都來了，除了法魯克和葛洛莉亞以外，他們與艾麗莎都不親近。

然而他們看起來都十分悲痛，許多人哭了。他們為艾蜜莉亞哀悼，這是理所當然的，因為正如他們的悲嘆，孩童逝去是最不應該發生的事情。

然而，隨著儀式進行，從他們談論艾麗莎的方式就能發覺，雖然他們與她隔著距離，但是他們都在艾麗莎身上感受到某種親切。大部分的長工都是奴隸的後代，來自東印度群島、印度、安哥拉和其他只在故事中聽過的遙遠地方。有時候，他們對那個地方唯一的了解就只有名字。有些人比較幸運，他們的祖先是桑人、科伊人，還有散落在那一帶的幾個班圖人部落；他們至少能推測祖先可能埋葬的地方，這對其中一些人而言似乎很重要。

法魯克可以算是穆斯林農場工人的領袖，他詢問亞伯罕，如果有些人想發言，能不能允許他們對艾麗莎說點什麼。亞伯罕無法拒絕這第三次的打擊，這群奴隸的孩子正在埋葬另一個奴隸的孩子，甚至連他這個覺得世界爛透了，甚至可能痛恨著艾麗莎的人，都無法拒絕這最後一件任務。他點了點頭表示同意。

班尼迪克神父嚴肅地搖頭，亞伯罕知道他不同意。但是整場葬禮沒有一個地方合乎常理。寄給艾麗莎父母的信很有可能還在送往英格蘭的路上，所以他們還不知道女兒已經過世。其次，參加葬禮的賓客混雜了各式各樣的人：女兒學校的愛麗絲修女和伊莉莎白修女、神父、農場工人、梅森醫生伉儷，還有亞伯罕自己。

蒂朵病了。梅森醫生告訴他，雖然蒂朵是個健康的孩子，但是她吸進太多濃煙。她咳個不停又得了小感冒，因此與看護湯瑪斯一起留在沒燒毀的那半側宅邸中。亞伯罕對她的缺席並未感到不滿。至少她不必忍受目睹大地將艾蜜莉亞吞噬的折磨。艾蜜莉亞——那個以為太陽會環遊世界的女孩；那個需要人們提醒她太陽是個巨大的恆星，而且距離非常遙遠的女孩；那個掉了前排牙齒後就長不回來的女孩；那個長大後說話仍口齒不清的女孩……艾蜜莉亞，就像被大地吞沒一樣，被時間帶走了。「噢！」亞伯罕忍不住哭喊，卻被哈芙莎的悼詞蓋了過去。

「艾麗莎夫人有個溫柔的靈魂。」一名農場工人哈芙莎說道，「如果艾麗莎夫人看到不認識的漂亮花朵，就會問我們那是什麼。如果沒人知道名字，她就會給花朵取名。」一陣輕柔笑聲跟著這句話從旁傳來。哈芙莎擦乾臉上的淚水，深深嘆了口氣。「她第一次問我花朵的名字時，我暗想，**誰會浪費時間在花朵上呢？**」此時另一邊也傳來了笑聲。這次的笑聲更響亮、也更歡暢了，哈芙莎擠出一抹微笑。

她繼續說：「噢，我想艾麗莎夫人也發現我不是想在花朵上浪費時間的人，所以她看著我說：『哈芙莎，妳知道什麼我不知道的事嗎？』我一開始以為她是自命清高，你們知道我的意思。我覺得自己很渺小，我以為她根本看不起我。不過她很快便糾正我的想法，她告訴我：『我不是這裡的人。』我現在回想起來，她可能說了更長的句子，你們知道的，就是更花俏的說法。你們都知道她對文字的講究，我們的艾麗莎夫人。」許多人紛紛發出「嗯」的聲音表示贊同。

哈芙莎繼續說：「啊，我教過她關於葡萄藤的知識。」她挺直腰桿，彷彿有一股驕傲竄流全身。「是的，是我教她關於葡萄藤的知識。我告訴她：『您知道嗎？葡萄藤不需要靠蜜蜂授粉，葡萄藤大多時候是自己授粉的。』我們的艾麗莎夫人不知道這件事，我是第一個告訴她的人……」說到這裡，哈芙莎終於忍不住嚎啕大哭，哭到需要有人將她帶回座位。

下一個發言的是參松，他講了艾麗莎曾經短暫試吃和分類葡萄的故事，她想學會怎麼區分一般食用的甜葡萄和用來釀酒的酸葡萄。但是短短一個星期後，她就認定所有葡萄都一樣，味道毫無差別，因而放棄這個計畫。

亞伯罕注意到，參松也稱呼她「我們的艾麗莎夫人」。法魯克、葛洛莉亞和其他人隨後上台發言時也都這麼稱呼。每個人都跟哈芙莎一樣，訴說了艾麗莎幾場短暫又歡樂的冒險——有些原本如同過眼雲煙的往事，如今深深刻進所有人心中，眾人低聲輕柔的笑著，說故事的人滿懷留戀，最終無法克制地掉下眼淚。

某種類似羞愧的心情在亞伯罕心底扎根，儘管他才是那個失去至親的人，所有人都對他表露同情，但是他覺得自己是個冒牌貨。隨著哀悼漸漸零星，最後只剩下一些關於艾麗莎多麼和善慷慨的含糊之詞，以及慨歎死亡的不幸，亞伯罕才終於鬆了一口氣。明顯和他一樣的班尼迪克神父很快進入降下棺材的儀式。對於第二個安息的靈魂，大家顯然都不知道從何說起。她是個人見人愛的孩子，她受到的喜愛比艾麗莎更多。死亡是如此諷刺，讓人們發現自己更難開口談起她。

沒有人說得出**她的時間到了**，因為顯然不該如此。她是被母親殺死的。但是如果提到她的死亡，就會與艾麗莎那令人稱羨的奇思妙想有所牴觸——這正是他們剛剛才稱讚過她的話，結果現在同一批人又馬上要批判她。對艾蜜莉亞的哀悼只能是殘缺不全的，彷彿她是因為遭遇什麼深不可測的變故，就這樣離開人世，而不是被什麼人或東西殺死的。但是她明明就在那兒，即將被埋葬。

因此，隨著悼詞越來越簡短，亞伯罕發現自己也鬆了一口氣。無論如何，時光總是會流逝。接著即將進行的儀式，正是亞伯罕慶幸蒂朵不必忍受的折磨——把棺木沉入地下。某個人，應該是葛洛莉亞，推了推亞伯罕的手，讓他把土撒在棺木上。底下先是傳來沉悶的一聲「砰」，接著一聲又一聲，直到似乎是憑空出現的掘墓人將墓穴填滿後才停歇下來，最後只剩下沉默。

接著，亞伯罕得想起來要呼吸，接著，他得想起來要移動。但是他不太記得自己要往哪裡去，所以他決定跟隨葛洛莉亞的引導。但停下腳步後，他卻不確定接下來該怎麼做；他得再次記得要呼吸，然後擦乾眼淚，對蒂朵說：「我來了。抱歉。我愛妳。」如此簡單的事情，如今卻必須有人提醒，他才能想起來。

⋯⋯

蒂朵想在墳墓後方種一棵樹，她說整座山丘都暴露在天空之下，夏天時她的母親和妹妹會需要遮蔭躲避陽光。葛洛莉亞覺得這個想法很貼心，因此她們從艾麗莎那棵垂柳樹上取了一段莖，打算種在墳墓旁。蒂朵認為母親生前喜歡在柳樹下休息，因此過世後一定也想在樹下安息。亞伯罕只能妥協。

問題是，垂柳是出了名地需要水分，而山丘附近沒有河流或湖泊。不久後，葛洛莉亞便自告奮勇提水去灌溉柳樹，而蒂朵每天都會提著自己的小水桶一起去，將少得可憐的水灑在土地上。她跪下來掃開泥土，指著一根看起來像某種植物或雜草長出的新枝說道：「我覺得柳樹開始生長了。」

葛洛莉亞回道：「對，對，我們等著看吧。」

但是還要等很久，此時法魯克氣喘吁吁地走到山丘上。亞伯罕很好奇，像法魯克這樣身材圓潤，雙腿顯然不適合運動的人，怎麼會勉強自己跑步。而他還沒來得及開口詢問，法魯克就喘著氣說出答案：「那個國會的人……來了！」

他彎著腰、手撐膝蓋，胸口劇烈起伏，眾人則還在拚命釐清他剛剛說的話意味著什麼。大家沉默不語，所以法魯克只好努力開口，但是他每說幾個字就得大口呼吸，顯然根本還沒喘過氣。他說：「那個國會議員……之前來過的國會議員……來四處看看的……那個人……他來了。」他回頭看了看，又喘著粗氣說道：「到這裡來了！」

當法魯克終於說完，他口中的那個男人也隨之現身。他像個受到召喚的天使，或者是惡魔，突如其來地從地平線上升起。他穿著那身褐色羊毛西裝，戴著那頂整潔的帽子，走路輕快得簡直像在滑行。亞伯罕暗自思忖，他鐵定是個惡魔。「哦，天啊。」男人大喊著，因為他與眾人的距離還有點遠。「天啊！從房子走過來真遠，是不是？哦，真是遠，對吧！」

儘管他與山丘搏鬥的過程沒有法魯克那麼辛苦，丹尼爾．羅斯爬上丘頂時看起來也同樣疲憊。這段費力的路程重重打擊了他，讓他與法魯克一樣貪婪地大口吸氣。這是在丹尼爾．羅斯的出現讓凡澤爾莊園蒙上一層陰影後，他第一次處於完全無話可說的狀態。

眾人仍處在困惑中，沒有人開口，不過丹尼爾．羅斯很快恢復了平常裝腔作勢的樣子。「真是一件憾事，這件事。真是一件憾事，嗯。如果我早知道，就會等你的人叫你下來。但是，噢，這樣就不好了。不，不！這樣一點都不好。時間不會等待不做事的人。時間就是金錢，這是美國人說的！」

葛洛莉亞趁著一段短暫的沉默空檔，抓住機會向法魯克打了個暗號，然後對亞伯罕說：「午餐時間應該到了，先生。我帶蒂朵回去。」

丹尼爾．羅斯不會輕易放過自己尚未檢驗或重新檢驗的事情，他也把握住這個稍縱即逝的機會。「凡澤爾先生，啊，這一定是你其中一個女兒。」他說道：「是哪一個女兒？」

在情勢以如此迅速，而且在他看來毫無道理的發展之下，亞伯罕選擇在這個時間點扭轉一切，重新開始。他向整個瘋狂情勢拋出一句問候。「啊，羅斯先生。」他開口：「你今天下午過得如何？」

丹尼爾．羅斯放肆地大笑起來，他搖著頭說道：「啊，凡澤爾先生，請原諒我的無禮。是的，有時候會發生這種事。太忙了，你懂的。太忙了，嗯。一刻都不得閒。唉，沒有一刻能休息。請原諒我的無禮。」當他的無禮得到原諒後，他問亞伯罕是否聽說有個來自北方的男人捲入了一樁不幸的事件。

「那個因為與原住民女孩同居而上法庭的男人嗎？」亞伯罕問道。

丹尼爾．羅斯表示正是那個人。「他惹上更多麻煩了，嗯。」他說道：「哦，凡澤爾先生，現在正是多事之秋。多事之秋。」

法魯克、葛洛莉亞和蒂朵，三人依然站立在丹尼爾．羅斯出現時他們站的位置，眼前的情勢讓他們動彈不得。丹尼爾．羅斯顯然不會放他們自由，他說話時又將目光轉向了蒂朵。他看著她的神情就像看見一隻從未見過的鳥兒，或是看到一朵讓他想要改變形狀的雲。

突然間，丹尼爾．羅斯露出微笑，將目光移回亞伯罕身上。「凡澤爾先生，我之前就一直說，你很幸運擁有孩子。」他開口：「哦，真是幸運。啊，我猜她應該想吃午餐了吧？女傭說了。現在她只想吃午餐。」

「盯著她把飯吃完。」亞伯罕對葛洛莉亞說完，她、蒂朵和法魯克便匆匆走下山丘。

「我三月過來的時候，你沒有帶我到這座山丘，你記得這件事嗎？」丹尼爾．羅斯說。

亞伯罕回道：「誠如你所說，羅斯先生，你是個大忙人。」

「啊，那**倒是**真的，千真萬確。」他點點頭，目光從東到西掃遍一切，接著搖搖頭，嘆了口氣。他用帽子搧風，左手插在口袋裡，又看向亞伯罕。他先前對亞伯罕微笑時，眼睛微微眨了一下，彷彿他們之間存在某個不為他人所知的小祕密、存在某種深刻的友情，不須言傳也能意會。但此刻亞伯罕發現他的笑容中藏著其他深意。

「你知道住在北邊的人，川斯瓦那些人。」丹尼爾．羅斯說道：「他們活在罪惡之中，先生。你，你自己……噢！不過我不該說這些，嗯，都是庸俗的事情。庸俗的事情，真的。你有孩子是很幸運的事。非常幸運，嗯。你明白我的意思吧？凡澤爾先生？」

亞伯罕太明白了。丹尼爾．羅斯說的這樁眾所周知的犯罪，這個與北方的連結不太自然的倒霉男子，當然全是丹尼爾．羅斯擷取隨著風和火車傳向南方的謠言和耳語，雜揉而成的假想故事。他精心設計出這個北方人，藉以恐嚇亞伯罕，讓他明明白白地了解：因為他違反國家的法律，所以必須交出他的土地，不然就會遭受其他折磨。

在亞伯罕看來，丹尼爾．羅斯就是那種會笑著跟別人說**你母親死**了，卻不帶絲毫惡意的人。要當這種人並不容易。或許正因如此，他臉上的青筋似乎總是快要爆出來，他脫下帽子時，每一根頭髮都直挺挺地豎著，彷彿想離開他的頭往天上飛去。他似乎每次出現時都汗流浹背。他的話總是太快從嘴邊溜出。他會拍著雙手，而他的眼睛……每當他看著亞伯罕，亞伯罕就感覺心中的祕密一個個浮現在臉上，渴望被那雙直勾勾的眼眸看透。

人們很容易認定他是個輕浮的人、是個傻子，這是個巨大的錯誤。丹尼爾．羅斯既不不輕浮也不愚蠢。亞伯罕現在意識到，這一切都是精心策劃的。羅斯先生老穿同一套西裝，不是因為沒有其他衣服，而是因為他要在某部偉大史詩的開展中成為一個令人印象深刻的角色。當他講述自己為國會付出了多大的努力、完成了多麼艱鉅的任務時，他要精確記得每一個細節，再決定是要將之渲染得洋溢詩意和想像，還是包裝成充滿不祥的假設。

在亞伯罕心中，假設他的故事透過丹尼爾．羅斯的嘴傳回他耳中，他一定會認不得自己人生中的任何細節。事實上，他已經想像出一個男人住在羅斯先生最愛的、惡名昭彰的北方，幹了一些莽撞輕率的事。這個北方人會繼續墮落下去，直到羅斯先生現身並阻止這一切。丹尼爾．羅斯是個堅定地實現自己的命運，而且會貫徹到底的男人。至少，這是亞伯罕不無氣惱地做出的判斷。

除了這些，丹尼爾．羅斯總是穿同一套西裝的第二個理由，才是亞伯罕真正擔心的。其中原因非常單純且邪惡：身為一個老謀深算的人，羅斯先生**想要**被視為一個輕浮的傻子。他喋喋不休地重複自己說的每一句話，不可能是巧合。他的招呼、敵人的名字、平淡無奇的細節——他一再重複這些事情。所以，當他重複一句親切的話，例如**你有孩子是很幸運的事**，為了充分表達他的觀點，他也當然會說**你懂我的意思吧**？

而這才是他真正想表達的重點：如果亞伯罕不安安靜靜地交出財產，就會遭受比坐牢更嚴重的懲罰。他的男子氣概*曾經遭受質疑、被判定缺乏，而現在即將被判刑，這才是

* 編註：此指行房能力。

審判的結束。按照南非聯邦的觀點，艾麗莎・凡澤爾很可能犯下某些不檢點的罪行。更進一步，他們還可以說亞伯罕根本不是她兩個女兒的父親。甚至可以說，有鑑於他的不正常，他不可能和任何女人生下孩子。

威脅一開始都是耳語。有傳言在羅本島**上，男人會被奪去男子氣概；他們會被電擊或被閹割。不是的，另一個人悄聲說道，那個地方在北邊，是異族通婚問題最猖獗的地方。在普勒托利亞，那就是南非聯邦想讓川斯瓦聽話的方法。噢，才不是，一個新加入的人說道。那是個不為人知，完全機密的地方。到頭來，「那個地方」在哪裡一點也不重要。重要的是南非聯邦不會輕饒違反國法的行為。

「我女兒是公民。」亞伯罕開口，絕望迫使他產生勇氣。「她在這裡出生，她屬於這裡。」他的嘴唇或許在顫抖，但是他永遠都不會知道。他知道的，他記得的是這個：打從丹尼爾・羅斯初次來到這個地方，他們之間的賽跑就開始了。亞伯罕很清楚，他無處可逃。他唯一能做的就是說出這句話，但是丹尼爾・羅斯逐漸綻開的笑容又讓他開始懷疑。「我兩個女兒都在這裡出生。」他說道：「她們都屬於這裡。」

「沒錯，凡澤爾先生。」對方回道：「我很確定她們都在這裡出生。我確信你會這麼說。我確信你會這麼說，嗯。但是這件事並不單純。對你來說是小事。小事，嗯，但是這樣行不通的。你也知道，凡澤爾先生。」而亞伯罕也確實知道這一點。

** 編註：位於開普敦海灣的小島，在南非種族隔離時期曾關押大批黑人政治犯，包括曼德拉、祖馬等。

依照南非聯邦的觀點，亞伯罕的悲劇顯然完全是出自他自身的魯莽輕率。對此，南非聯邦已經試過要預防。曾經的四個殖民地，現在都成為一個國家的省分，融合的過程中碰撞出各種矛盾，當然會讓政府的治理陷入混亂。舉例而言，只有文明人可以成為公民；而且只有**他們**有選舉權，能參與行政事務。而所有的白人男性，憑藉著他們的種族和性別，都是文明人，這在北方各省是鐵打的事實。

不過開普省和納塔爾省就比較麻煩了，這裡的每一個人，不論是白人、有色人種或原住民，只要擁有或租賃了土地、會簽自己的名字，而且每年賺得到五十英鎊，就能得到投票的權利。簡而言之，任何人，只要身為人類，都能夠被視為文明人，都能夠取得公民身分。聽起來是好事，但是當非洲男人開始大量湧入農田和城市裡工作時，威脅就出現了。他們將取得投票人口中的優勢，讓白人男性變成少數。**這個**問題本身還算簡單，只要提高投票人的資格標準，例如潛在投票人的年收入門檻就能解決。

讓聯邦感到頭痛的問題是貧窮的白人。貧窮白人經常失業、身無分文又遊手好閒，也因為他們遊手好閒，很容易受到犯罪和其他不道德行為的誘惑。只要能與多數非洲人族群擁有相等的經濟與社會地位，能自由自在地與原住民和其他種族來往，他們就心滿意足了。這種想法如此根深蒂固、從一而終深植在他們身上，還會遺傳給他們的孩子。公民性的界線因而模糊了。他們不相信貧窮白人男性能夠與白人男性過一樣的生活。簡而言之，他們是內部的敵人。

女性也是一大問題，尤其是白人女性，不管她們屬於什麼階級。她們依據宗教信仰、婚姻狀態或語言，或者綜合三個因素，形成彼此區分的小團體。她們的人數和多元性高得不合理，因此就算一個女人強烈反對某個組織或教條，她還是能在另一個群體找到認同感。儘管這些小團體看似充滿碰撞衝突，事實上她們還是團結一心——白人女性也想要投票權。

這些人在聯邦眼中是揮之不去的瘟疫，但是聯邦認為他們得一次解決一個煩惱，而貧窮白人男性是相較之下最亟需解決的。女性問題可以日後再處理，因為她們的訴求無足輕重，很容易就能打發。

聯邦經過多次討論後得出結論，解決貧窮白人男性問題的唯一方法很簡單，就是剝奪所有非洲男性的權利，不論階級，同時提升貧窮白人男性的生活水準。當然，他們可以主張，剝奪非洲男性的投票權，會讓他們失去自我提升的動力，畢竟如果無法對政府的組建置喙，他們如何可能擺脫種族的劣勢？但是為了確保聯邦的存續，必須這麼做。規則必須是絕對的。

而這就是亞伯罕的罪行：聯邦長期以來過度扭曲法規，以致於無法解決其中的矛盾糾結。而亞伯罕又引入了另一個複雜因素。他違背了種族、性別和階級賦予他的自然責任。他藐視了文明與道德。聯邦也因此給他毫不含糊的指控：他的罪名是違背道德，所以《違背道德法案》將他逼入了絕境。

即便是他都不得不承認，捕住他的這張網的確十分優雅。無關個人恩怨或者瑣屑動機。

只是不斷變動的世界所導致的其中一種症狀。他已經無話可說。他必須退出，剩下能做的就是重整自己的人生，至少嘗試逃跑。距離九月三十日，也就是《違背道德法案》生效之日，只有短短五個月。總而言之，他計劃逃跑的時間不多了。

而她不是個人類

有人認為艾麗莎之死是一場悲劇，亞伯罕覺得從幾個面向來看，確實是如此：他倖存的孩子失去了母親，而她唯一的合法身分（和出生的證明）都已經燒成灰燼。他找遍了自己廂房中剩餘的文件，翻閱他妻子的庇護所中剩下的斷簡殘篇，然而只找到受到詛咒的灰燼。風將灰燼吹得到處都是。他的血脈被這些灰燼汙染了。大火完全熄滅後，葛洛莉亞再次在餘燼和爛泥中仔細搜索，但仍然一無所獲。在亞伯罕看來，艾麗莎是存心抹除所有蒂朵和艾麗莎存在過的證據，彷彿不想讓他擁有兩個女兒，就算她們死了，他也別想擁有。

沒錯，亞伯罕在各種方面都覺得有理，這確實是場悲劇，除了一點他無法視之為悲劇，也就是艾麗莎之死。他發現自己無法哀悼，也無法原諒，在她的自私導致的後果不斷出現的這段時間內，他都不可能做到。

「時間會帶走痛苦的，先生。」葛洛莉亞說，唐突地將他從孤身一人的思考中釋放出來。他抬起頭，發現兩人之間只隔著幾步的距離。他沒聽見她走近的腳步聲，這種事情他很容易就忽略了，最近他老是陷入沉思。但她就站在那裡，彷彿從世界的某個結構中憑空出現，彷彿帶她過來的不是她那雙短腿，而她也不是個人類。

樹和鳥和船和影子

姆瑪柯瑪（或是葛洛莉亞，這是白人稱呼她的名字）很早就發現，撫養其他女人的孩子的麻煩，在於你無法做到盡善盡美。

她已經嘗試太多年了。儘管老實說，早在她意識到孩子的父親什麼都不相信，而孩子的母親早在她出生前就與族人切斷關係時，她就應該知道一切遲早會分崩離析。至少白人和白人的孩子，父母都信奉《聖經》裡的神，每週特定的一天都要接受神的安撫。姆瑪柯瑪在白人家庭所見的一切，啊，真是令人不敢相信。但是她想，不管《聖經》裡的神是什麼樣子，都比什麼都不信來得好。

回到她先前的困境，問題出在你撫養的那些孩子不是由你孕育、生產和命名。舉例來說，蒂朵和艾蜜莉亞出生時，並沒有舉行儀式告知她們的祖先這件喜訊，甚至沒有燃燒莊園顏色的香，或者在院子裡某處搭建小小的聖壇，或者以神聖的方式埋下她們的臍帶。什麼事都沒做，唉。

孩子們就只是出生了，取了個像是從匆匆落下的陣雨中撈起來的名字，與命運無關的名字，接著就毫無防備被推進這個世界。姆瑪柯瑪一直保持沉默。除了小心翼翼地在自己的房間裡燒香之外，她什麼都做不了。

孩子們就只能像那樣，像掛在樹上的馬魯拉果一樣，在她們準備好成為自己之前，任何一個東西都能隨時把她們拽下來，從此與果樹分開。就算不被拽下來，也可能因為腐爛而掉落。樹枝很脆弱，唉，沒有東西能將孩子們與生命牢牢繫在一起。與此同時，姆瑪柯瑪只能保持沉默，看著一切發生。

然而，看著孩子們像迷失的靈魂一樣，在世界上遊蕩，這是一件沉重的事。這並不是容易的事；這讓你的內心感到憂慮，讓你吞下一部分的自己。但是當孩子的父母親給你錢，讓你撫養那些孩子時，你能做什麼呢？只能安安靜靜做好你的工作。就算你比他們年長，就算是你先經過歲月的洗禮，你也只能滿腹懷疑地搖搖頭，保持沉默，在月底到郵局一趟，將你領到的薪水匯給自己的母親。

當然，少管別人的事可以省下一些麻煩，但是你必須知道，祖先會在你的夢中徘徊不去。「幫幫孩子。」祂們說：「將他們與生命繫在一起。」祂們說。「唉，你這個正在熟睡、燒著小小的香又保持沉默的人，幫幫那些你應該要養大的孩子。」祂們說。「你有沒有發現你扶養的不是孩子？你有沒有發現妳養的是鬼魂？你為什麼要浪費時間在鬼魂身上？嗄？」

啊，祖先陰魂不散，因為祂們有時間，有太多時間了。與此同時，祂們可以用樹和鳥和船和影子，還有其他讓你得坐下來思考的符號來浪費你的時間。接著，當你終於吃完隨意丟入口中咀嚼的玉米粒，你會把手拍乾淨，然後雙手抱胸、咬著嘴唇想著，**祂們不能直接告訴我問題在哪裡嗎？為什麼要給我看蛇形影子在床上絞死孩子的畫面？啊，這些人！**

你的夢可能成為敵人，唉。祖先不了解，現在的生活不像以前那麼容易了。光是經過歲月的洗禮、成為一位長者，已經遠遠不夠了，但是祂們根本不在乎。現在有了金錢、膚色和教育程度等等因素，而且男人不知怎麼地變得比女人重要，甚至在她自己的部落裡也是，擁立國王在她的部落是禁忌，而男人能擔任的最高職位是攝政王或恩督納，也就是白人所說的酋長。是誰突然決定男人這麼重要，她並不知道。沒人知道。這就是現在的情況。

姆瑪柯瑪小時候就被送去教會學校，修女都說她比男孩聰明。然而，她畢竟是個貧窮的黑人女性，她到馬蘇皮尼的中學想要註冊入學時，才發現他們的女學生名額已經招滿了。所以她最終落入現在這個處境，她不能隨便對那些不是黑人、不貧窮、不是女性或受過教育的人，或者地位比她高的人說這些話。

祖先不會在乎這些，誰叫祂們有時間糾纏你，有時甚至是用平凡的小事，或是好幾年以後才會發生的事來糾纏你？有時你難道不會錯誤解讀這些符號嗎？祖先因為時間太多而感到無聊，就開始將奇怪的符號丟進你的夢中。他們可以讓你看到孩子被蛇一般或手一般的影子悶死，即便預言與蛇或手一點關係也沒有。你得坐在那邊告訴大家：「有一個預言，呃，但我必須先聲明，最後這個預言可能不是我告訴你們的那樣。」

啊，人們討厭被這種東西嚇到，他們想聽有意義的事情。他們不想把時間浪費在胡言亂語、建議，或者諸如「黑影有時也是好事，有時這代表祖先正在呼喚你發掘自己忽略的才華。悶死人的黑影可能是好事，代表它們試著驅除你內心深處的毒素。但是黑影也可能是壞事，有時可能代表火焰與死亡。還有，我不想嚇你，但你不是有孩子嗎？雖然我也不確定夢境是不是特別關於你的孩子。」然後你不確定地聳聳肩。接下來會發生什麼事？姆瑪柯瑪保持沉默。她想要確定。

她因為懷疑而搖搖頭，並且保持沉默，直到年紀較小的那個孩子因為母親的悲劇而死亡。可愛的、貼心的艾麗莎夫人，她走遍廣大的世界，尋找可以將她與生命緊緊相連的東西，尋找某些東西以解釋她為何總是在不同的情緒間跳躍舞動。啊，這個她想要的「東西」一直躲避著她，直到有一天她跳著跳著，掉進無法挽回的境地中。

姆瑪柯瑪別無選擇，只好在那個時候介入。老爺被悲痛擊垮，沒有其他人可以幫忙吸收倖存孩子的悲痛。所以姆瑪柯瑪做了部落女性耆老教導她的事情。她走向那沉沉睡著，正在為生命而奮鬥的孩子，輕聲對她說：「妳母親死了，妳妹妹死了。」接著用岩鹽搓揉她的手。這個孩子或許永遠無法平靜地面對母親與妹妹的死亡，但是她的靈魂必須接受這個事實；至少，她的靈魂必須平靜下來。孩子在睡夢中呻吟，一滴眼淚滑落，慢慢地滑到枕頭上，而祖先總算是得到了撫慰。

不過，姆瑪柯瑪的責任還沒結束，母親與死去孩子的靈魂也需要安息。她們不能像生前在人間一樣，在靈界漫無目的地遊蕩。姆瑪柯瑪必須再次介入。她必須拋開這些就連在祖先不斷騷擾她時，也不斷、不斷、不斷在改變的新世界的規則。

她將更多玉米粒放進嘴裡，一邊咀嚼一邊想著，耆老們教過我怎麼做這些事情。**我必須從頭開始。必須引導老爺接受眼前的現實。他需要安撫，就像孩子的靈魂是在睡夢中得知母親過世那樣。我必須對老爺有耐心。畢竟時間還來不及在他臉上刻出痕跡之前，他就親手埋葬了妻子和孩子。我必須對他有耐心。**

姆瑪柯瑪知道這不容易，他是個什麼都不相信的男人，而且很容易就心生怨恨。最重要的是，他是個白人，而且他每個月底都會支付她撫養孩子的薪水。唉，但是世界現在逐漸變形成陌生的樣子。光是因為滿腹懷疑而搖頭、燒小小的香和保持安靜，已經不再足夠。

她看到他站在那裡，沉湎於孤寂之中，看著一無是處的夕陽，他守護著女兒，卻沒人守護他。

她現在得開口。她得幫助他。

養活玉米和牛群以及維持一種生活方式的田地

她身後襯著即將到來的黃昏，如夢似幻。西下的夕陽在她背後綻放光芒，彷彿神仙降臨的徵兆。亞伯罕被夕陽照得睜不開眼睛，只能看向其他方向。「我要告訴您。」她繼續說，顯然絲毫未察覺她的出現帶來的影響，「時間會清淨您的內心，苦澀會消逝。現在被黑暗佔據的地方，將會再次充滿喜悅。」

她是個善良的女人，葛洛莉亞。她的言語總是充滿善意。亞伯罕不想告訴她自己對這件事的真正看法，以免讓她太過震驚。他可能會在艾麗莎的墳墓上起舞——如果神父認同那是一種喪葬儀式的話。但是事已至此，他並不想讓蒂朵更難過，所以他克制自己，僅僅開口說道：「我只希望艾蜜莉亞的靈魂安息。」當肆意蔓延的沉默變得太過沉重不安時，他又說了一句：「當然，我妻子也是。」

葛洛莉亞說：「這對蒂朵來說很難熬。」她在亞伯罕看來顯得十分平靜，絕對不是那種會隨風起舞的女子。「但是時間會帶走她的痛苦。」

亞伯罕看向蒂朵，她坐在柳樹下寫日記，每隔一陣子就會閉上雙眼、伸直雙腿，頭靠著樹幹，彷彿在祈禱。過了一會兒，她舉起手，輕輕拍著頭頂的樹葉。她露出怪異又悲傷的微笑，笑容稍縱即逝，她閉上眼睛。

就在昨天，他發現她往東側廂房的方向來回奔跑著，彷彿在追趕艾蜜莉亞，彷彿她不是僅存的一個孩子，彷彿她未曾被深愛的手足拋棄。她在廢墟前停下腳步，掩面痛哭，絲毫沒有察覺他的存在。當他告訴蒂朵一切都會好轉時，她只是點點頭，然後說她要繼續玩遊戲。他試著說服她跟自己一起玩，但她只回答：「可以之後再說嗎？」

亞伯罕只好妥協，看著她朝葡萄園跑去。

「我能坐在您旁邊嗎？先生？」葛洛莉亞問。

「沒問題，請坐。」亞伯罕拍拍長凳表示歡迎。「我們有很多事情要討論。如果世界能停止運轉一陣子，讓我有時間照妳說的那樣療傷的話，我的情況也許會更好。可惜事實並非如此。」

葛洛莉亞坐了下來，迎接她的是沉默。他們看著蒂朵平靜安穩的模樣。在微風吹拂下，落葉在她身邊輕躍舞動著；就像之前一樣，她時不時睜開眼睛，看著眼前的景象露出微笑。微風轉變成小風，從廢墟中吹出來的黑灰與柳葉交織在一起。一看到灰燼，蒂朵的笑容立刻消失殆盡，她迅速低下頭繼續書寫。

「離開這裡會讓她心碎。」葛洛莉亞說道：「我知道自己沒立場說話，但是她的母親葬在這裡。儘管艾麗莎夫人無權這麼做，但是她選擇了這裡作為女兒的墓地。現在將她們分開，會是一場大災難。這是她的家，她唯一知道的家。您現在痛恨這個地方，但是這裡也是您的家。」

亞伯罕先釐清自己的想法，試圖使其連貫。他開口時語氣謹慎，小心避免引發更多疑問。他筋疲力竭，耐心正逐漸耗盡。「我第一次來這裡的時候還只是孩子。」他開口說道：「我當時想，這真是一個奇妙的地方。我去過倫敦的一間博物館，那裡展示了某個著名國王的頭顱，我當時以為這代表一種榮耀。我問我父親：『那是哪裡的國王？』他回答：『埃及。』我接著問：『埃及在哪裡？』我父親的回答很簡單：『非洲。』我認識艾麗莎時，我告訴她那間博物館的事。我告訴她：『我很小就愛上非洲了。』

「艾麗莎笑了，她覺得我很天真。說到底，我認為她的想法充滿憤恨又毒辣。我對她並不完全了解，就像我一知半解地以為天堂是個樂園，會接納所有離開世界的正直靈魂一樣。我咒罵她的怨恨，我認為是由於她不了解全貌。畢竟，我們剛認識時，她還沒去過非洲。她還沒愛上非洲。」他露出苦澀的笑。

「這花了我太多時間……通過了一條法律、死了一個孩子才讓我意識到：艾麗莎的憤恨和毒辣是正確的。這裡沒什麼好愛的了。這不是我的非洲，這不是我的家，也不是蒂朵的家。我知道人需要歸屬感，葛洛莉亞。我必須承認這很諷刺，更糟的是，這是艾麗莎的怯懦給我的。但在它的深刻之中——這是個毫不含糊的、不祥的預言，這是我必須聽從的諷刺。我的女兒不應該留在不接納她的地方。我們已經不再屬於這裡了。我們無法在這裡待下去。

「我怎麼能屬於一個我女兒無法歸屬的地方？我認為最好是讓她繼續感到被愛，這是我身為她父親的權利，我會貫徹到底地愛她，直到我死去。我必須帶她離開這個地方。」他覺得說了這麼多已經足夠。他對自己點點頭，等待葛洛莉亞反駁他。

她笑了。「我只是個單純的女人。」她開口：「但是我跟您一樣，先生，我也有與非洲有關的故事。我一直在思考，我認為有必要告訴您其中一個故事。」

亞伯罕點點頭。

她開始講述：「我年紀最大的表姊，她是我母親大姊的女兒，她的名字叫做恩娜迪，是當時快死去的外公取的，她有一個好朋友叫做曼特夏。她們都來自北方，也就是我祖先長眠之地。」

她給了他一點時間，讓他在腦海中釐清故事的人物關係，繼續說道：「我必須先告訴您曼特夏有多美，您才能了解她悲劇故事的軌跡是多麼奇怪。我聽恩娜迪說，有個男人曾因為她的美貌而殺了另一個人。據說兩個人都愛上了她，兩個人都太膽小，無法接受不被她愛的人生。您看，她是個怪事纏身的女人。」

「聽見曼特夏說起在克隆士塔的農場工作時，與她的雇主有了婚外情，恩娜迪一點也不意外。但是，曼特夏那個坐牢的追求者，那個殺了另一個人的男人，那時也回來重新追求她。就像之前那樣，兩個男人大打出手，最後其中一人為了曼特夏的美貌而死去。

「雇主是這場新悲劇的勝利者，警察盤問他時，問起他家中丟失財寶的事情。雇主指著曼特夏告訴警察：『這個女人勾引我，跟她那個犯了重罪的愛人共謀，打算偷竊我的東西，所以我才射殺他。』恕我直言，先生，一個像我一樣的黑人因為自己的死亡而受到罪責，就是這麼一回事。這就是曼特夏身為一個黑人，又因為愛上其他種族的男人而受到起訴的過程。您懂我的重點嗎？」

「我想我懂。」

葛洛莉亞點點頭。「您看，我不想假裝理解這條法律注定要從我族人身上奪走的自由。但是我很清楚：儘管很羞辱人，但這條法律完全沒必要。我的族人夠聰明，他們自己就能明白這些事情。這條法律只是另一個加諸在我們身上的詛咒。雖然您對我很和善，但您是白人，有些規則必須嚴格遵守。而您現在要離開了，所以我可以毫無負擔地告訴您這些話。

「我還可以告訴您，我的家族來自一個地方，那裡有一對父子會從茅草屋走到田地，一望無盡的田地，先生，那裡有一個男人從日出開始工作，他會用手撐著臀部站著，朝遠方吐口水，用手背抹一抹額頭，將汗水甩進風中，然後說道：『唉，可是這塊土地很難耕種。』而他的兒子夢想著有一天，有一天會在日出前就醒來下田工作，他可以用手撐著臀部站著，朝遠方吐口水，然後說：『啊，但是今年的作物能長得很好，我們只需要雨水。』

「一片田地，先生，養活玉米、養活牛群，甚至養活雜草的田地。田地是他可以擁有的東西。但是我現在無法建立這樣的家族。如今沒有任何田地了。有個男人告訴我們，耕種的範圍不能超出我們的院子；那片土地不屬於我們。家族中某些較不幸運的分支，他們被趕出那塊從極古老的祖先開始就一直守護著的土地。他們被驅趕到不毛之地，一片擠了太多家族的不毛之地。

「我們的土地突然之間只能遠觀，不能靠近。我們不能在那裡養牛。我們不能在那裡種玉米。牛要吃草，如果沒有田地，牠們要在哪裡吃草？所以我母親看了看四周後說：『我的孩子，你哥哥必須離開教會學校。我們必須送他去礦坑，到約翰尼斯堡去。』」葛洛莉亞頓了一下，然後大笑起來。「啊，我母親從沒學過英語，也沒學過阿非利加語。」她繼續說道：「她說約翰尼斯堡的方式，先生，您聽了一定會笑的。啊，但是我當時沒有笑，因為男人去了礦坑就回不來了。但是我母親想送我哥哥過去。

「您可以問我，我母親為何要做這種事，答案是我們有個家族要養，就跟牛群一樣。但是我們沒有玉米，因為我們只能遠遠地看著田地。現在田地周圍建起籬笆，還有一個拿槍的男人在看守。我不知道是不是真的，但母親告訴我：她看到一個打過世界大戰的男人缺了一條腿，就是被槍打的。她叫我們別到田地那裡去，而我們照做了。

「於是她只把家族中年幼的孩子送去教會學校。她送一個哥哥去礦坑，送另一個哥哥去芒果農場。一個姊姊自己去了約翰尼斯堡，但不是去礦坑。她就像我一樣，為一個和善的老爺照顧孩子。但是家鄉的牛隻開始死亡。那是我祖父的牛；他過世的時候，我們用其中一頭牛的牛皮把他包裹起來埋葬。我們為了祖先殺牛，但是如今牛隻也死去了。

「這是件小事情，先生。這是從田地開始的小事情——田地，養活玉米和牛群以及維持一種生活方式的田地。只能遠望著，永遠不能耕種或放牧，或寫進孩子歷史裡的田地。曾經屬於一群人，但不再是如此的田地。田地呀，先生，承載一整個家族的田地。我到這裡之後才終於知道，粉碎我們家族的東西叫什麼名字。他們稱之為《原住民土地法》。就像一個受到疼愛的孩子一樣，這東西有個名字。但是回到我的重點，我不想假裝理解這條新法律注定要從我族人身上奪走的自由。

「但是我知道：如果有個人告訴我們，有人禁止我們擁有什麼東西，我們將會開始死亡。我們的生活方式會死亡。我告訴您這麼長的故事，是因為我希望您了解非洲；至少是那個我住過的非洲。這個地方變成這副模樣很久了；但是直到現在這些怪事才纏上您，所以您對非洲的愛並不完整，就像是孩子會愛著冬日裡溫暖的火焰，卻不知道或不理解火焰是怎麼來的，或者火焰可能會變成敵人燒傷你。現在火焰已經燒傷您了，您認為已經沒有值得您愛的東西，所以想要逃走。但是您想逃離的東西是不對的。如果您非逃走不可，請務必做得正確。」

亞伯罕默默思考她說的話，然後說道：「非洲是個複雜的地方。」

「非洲就是非洲，先生。」

沉默越來越長。他們坐著，讚嘆著黑夜與白晝羞怯交融所誕生的壯麗美景。金光照耀世界，拉出又長又濃的黑色陰影。隨著沉默醞釀成熟，葛洛莉亞以一種母親望著孩子的眼神看向亞伯罕，這是兩人相識以來的第一次。她的臉上已見不到熟悉的順從，對往日的同情也不復見。她那雙因為年紀而長出細紋，因為一輩子的艱苦而變得睿智的眼睛，此時充滿了令他略感不安的權威，因為那跟她嗓音中透露的堅定一樣陌生。

她說：「艾麗莎夫人做了糟糕的事情，但是拒絕哀悼她逝去的靈魂是不明智的。我對非洲的瞭解教導了我，假如鬼魂被仇恨和世界上其他影響力深遠的東西餵養，就會四處飄蕩；而鬼魂如果四處飄蕩，就會陰魂不散，先生。陰魂不散是無法輕易解決的。您得經過淨化才能將妻子的亡魂送去她祖先身邊。艾麗莎夫人是我的族人，必須以這種方式紀念她的逝去。

「身為一個愛您、也愛您的家人的人，我求您為孩子做這件事。趁現在還有時間，我們必須淨化她被死亡碰觸過的痕跡。我們必須消除緊緊跟隨她的惡兆。我可以幫您。這是一件小事情，一件很小很小的事情。」她似乎對自己的情緒爆發感到有點後悔，她在長凳上往後挪動身體，然後交疊雙手放在大腿上。她又開口：「我唯一的考量是，先生，這些事情必須做得恰當。」

垂柳樹下，蒂朵正在編織金黃色的樹莖，亞伯罕猜測她在製作籃子。他看著她的時候，常常在她臉上尋找自己的痕跡；看看她是否有他的眼睛，看看她的臉頰，或者她在不對的時機拉長音節的說話方式。這些特徵是他或艾麗莎給她的嗎？或者那只是孩童的特徵？

人們總說亞伯罕什麼都不相信，但那不全然是真的。對，他相信生命就是生命本身，就是他所見、所觸、所知的一切，在那之前、之後和之外不存在其他東西。他相信只要自己逃離南非，這裡的麻煩事就無法透過什麼神祕的命運之手，或是不可抗拒的力量接近蒂朵。他也全心全意地相信，從今以後發生在他們身上的任何災難，都不是因為他不願意原諒艾麗莎所造成的。

但是，此刻坐在垂柳樹下的蒂朵，看起來太像她母親了。如果亞伯罕可以將說話習慣這種與生俱來的特徵遺傳給她，這是否表示艾麗莎也能遺傳她的迷惘與憂傷？當然不是以超自然的方式，而是單純因為艾麗莎是她的母親，蒂朵是否也會無法安於這個世界，她對世界的幻想是否也會破滅？是否有一天，她會重演她曾在千鈞一髮之際躲過的命運？

人們說他什麼都不相信，那不是真的。他相信人們有尋找歸屬的需要；人們需要屬於一個地方、一群人、一種他們不懂或無法理解的力量，任何東西都可以，只要有歸屬感就好。他會帶女兒離開她的家園，追尋那個歸屬。他會放棄所有她熟悉的事物，所有她與妹妹一起躲藏的地方，所有她與妹妹一起擁有的冒險、回憶和夢想。為了讓她屬於某個地方，任何地方都好，必須放棄這些事物。他不是也為艾麗莎做過相同的努力嗎？但是他不是失敗了嗎？這最後一件事情，葛洛莉亞提出的最後一件小事情，能成功嗎？他最終開口問道：

「妳會怎麼做？」

她回答：「如果在另一種情況下，我會呼喚艾麗莎夫人祖先的名字來守護孩子，以免祂們的靈魂變成敵人，帶她誤入歧途。但是艾麗莎夫人從來不認識她的族人，不知道部落或家族的名稱，所以我會呼喚您和我的族人。孩子必須屬於某個地方，先生，免得她像母親一樣在世界上遊蕩。假如她成年以後選擇了自己的道路，遠離您和她母親的命運，她也不會迷失。」

「我敢說早在我跟艾麗莎結婚那一天，我的祖先就拋棄了我。」亞伯罕說道：「而妳的祖先，葛洛莉亞，雖然祂們在這裡，但祂們不是艾麗莎的祖先。而且，艾蜜莉亞身上流著我的血，妳的祖先還會慷慨地歡迎她的靈魂嗎？」

「艾麗莎夫人是孤兒，我會為她祈求這最後的庇護所。我知道我的祖先會接受她的。祂們也曾經是孤兒——祂們被逐出自己的土地，到了某個荒蕪的山谷。祂們知道四處遊蕩是什麼樣的困境。我保證祂們會接受她和孩子。祂們不在乎膚色。祂們會守護母女倆，直到她們的靈魂找到艾麗莎夫人族人的靈魂。祂們甚至可能會找到那與您分離，卻從沒有拋棄您的親人的靈魂。」

亞伯罕點點頭。他認為這個計畫應該不需要他付出什麼，即便他其實什麼都不懂，就算最後發現葛洛莉亞只是在虛張聲勢，蒂朵最終也會相信她有個歸屬，屬於一個族群。

他無法不在提到艾蜜莉亞時流淚，所以他只能在淚水潰堤，變成一個哭哭啼啼的傻子之前匆匆問道：「我女兒的靈魂真的能找到庇護所嗎？」

葛洛莉亞的回答很簡短，但是充滿信心：「她會的，先生。我保證她會。」

「那就好，做妳該做的事吧。」他從長凳上起身、拎起衣角，舉起帽子向葛洛莉亞致意。她也向他致意，然後便回到廚房準備晚餐。

亞伯罕又佇立了一陣子，沉浸在微風的涼意中，全心全意享受著夕陽西下時綻放的炫目光彩，它們碎裂後又壯麗地融合，隨後夕日迸發最後一絲耀眼的光芒，一瞬間就沉沒消逝。燦爛的色彩凝固成黯淡的藍色，一眨眼的工夫就變成黑暗。

此時亞伯罕才將帽子戴回去，走去找他的女兒。

遺棄之地的幽靈

蒂朵睜開雙眼時，看到她父親坐在床邊的扶手椅上。椅子很矮，比床低很多，所以蒂朵看見的是她父親下垂的頭頂。她開口叫道：「爸爸。」她的喉嚨又啞又乾。她咳了幾聲清清喉嚨，父親便醒過來了。

「嗨，蒂朵。」他一邊說一邊打哈欠，露出一絲難以察覺的微笑，然後挺起身子。他已經習慣在她睡著時守在她身邊。即使提燈的光線昏暗，蒂朵仍能看出他眼中的疲倦。

「嗨。」她一邊說一邊從床上起身，跳到地上。她走過去迎接父親的擁抱。「現在還是晚上對吧？」她問。

她父親站起身來，以便將她抱回床上。「對。」他回答。他仍然穿著西裝，而他的帽子放在她的床上，彷彿他幾分鐘前才從市區回來。他現在已經很習慣頻繁進出拍賣行。他問：「我沒有把妳吵醒吧？」

蒂朵搖搖頭：「沒有。」

他把毯子蓋在她身上，坐回扶手椅中。「妳吃飯了嗎？」

「吃了，葛洛莉亞保母和我一起坐，跟我說了一個故事。」

蒂朵看著父親，感受到排山倒海而來的悲傷。他不久前對她露出的淡淡微笑還掛在他臉上。他看著她的神情，就像她母親在火災當晚看著她那樣。彷彿他想要告訴她什麼事情，卻還不確定到底該不該開口。

她聽到葛洛莉亞保母和女傭們竊竊私語，她已經知道他打算離開南非。她知道他要放棄農場、土地和所有東西，不是交到省議會手中，就是給一個叫艾弗瑞德．亞倫．德帕斯的男人。她覺得自己應該告訴父親，他不必為自己操心。「爸爸。」她開口：「我們真的要離開嗎？」

父親對於她早就知情似乎不感到驚訝，事實上，他看起來還有點高興；他的笑容變得更明顯了。「對。」他回答，露出意味深長的表情。「妳會難過嗎？」

蒂朵不確定該如何回答。她的目光從父親身上移開，不再看他那雙悲傷的眼睛，而是看向房間裡的東西。她曾經與艾蜜莉亞一起擁有的東西。現在所有東西都是她的了，而且只屬於她，這個想法既陌生又怪異。例如，房間角落的搖籃是為蒂朵做的，但是艾蜜莉亞也睡過。一旁的柚木抽屜櫃擺滿瓷娃娃，那既是艾蜜莉亞的也是蒂朵的。她們也睡同一張床。

有一次，艾蜜莉亞被母親的床邊故事嚇到，央求要睡在左邊，遠離門口，因為她堅信桌山上遺棄之地的幽靈已經下山來糾纏她。艾蜜莉亞死後，蒂朵再也沒睡過床鋪左側。那是艾蜜莉亞的位置。蒂朵的位置是右邊，靠近門口和所有從那裡闖入的入侵者，因為她是姊姊，她這樣更能保護艾蜜莉亞。

如果父親把房子和土地給了別人，這些東西就不再屬於蒂朵和艾蜜莉亞了，而會是屬於回憶。艾蜜莉亞和母親的墳墓會怎麼樣呢？父親也會把她們帶走嗎？還是會讓她們留在原地，留在葡萄園裡的山坡上？如果母親和艾蜜莉亞知道蒂朵不會再來看她們了，她們的靈魂真的能夠像墓誌銘所寫的那樣安息嗎？

「蒂朵。」她父親開口，打斷了她的思緒，「離開這裡會讓妳難過嗎？」

蒂朵發現自己無處可逃，終於點點頭。她想說話，但是她怕自己哭出來。所以她把手指纏在一起，希望父親不會注意到她眼裡的淚水。

「我也會。」他說：「但是我們不能留下來，寶貝。」

「為什麼？」蒂朵開口，她覺得自己可以冒險吐出三個字。

父親將她的手指鬆開，然後迅速握住她的手，兩人的指頭緊緊扣在一起。他深深嘆一口氣。「因為我愛妳，蒂朵。」他說：「因為如果我們留下來，我們可能會被迫分開。因為……」他又嘆一口氣。「因為……我想跟妳一起探險。」

蒂朵點點頭。「好。」

「抱歉，親愛的。這樣吧，我告訴妳幾件事，可能會讓妳好過一點。」

蒂朵直起身子。

他說道：「妳願意成為葛洛莉亞保母的族人嗎？」

蒂朵清了清喉嚨，問道：「像那些紅皮膚的年輕男子嗎？」

「類似這樣，妳會成為紅皮膚的年輕女子。」

「真的嗎？」

「噢對，葛洛莉亞保母是這麼說的。」

「那你呢？你也可以成為葛洛莉亞保母的族人嗎？」

他眼中又閃過一抹悲傷，他聳聳肩。「看看吧。」他說：「艾蜜莉亞也會成為她的族人，還有妳母親，應該說她們的靈魂，葛洛莉亞是這麼說的。」

蒂朵精神為之一振。「真希望她們在這裡。」但是她自己說的話又讓她瞬間回復悲傷。她的聲音變得低沉，喜悅之情也隨著接下來的話語消失無蹤：「這樣她們就會知道，艾蜜莉亞一定會對擁有族人感到高興。我想，母親應該也會。」

「沒錯。」她父親說：「沒錯。」

「什麼時候要做這件事？」

「下個星期。」

「這個過程會痛嗎？我是說……會改變我嗎？」

她父親搖搖頭。「不會傷害妳的，也不會改變妳，只會讓妳成為葛洛莉亞的家人。」

說到這裡，蒂朵發現自己有了新的憂慮。她說道：「但是，爸爸，您跟我是同一族的人對吧？」

「可以這麼說，對。」

「如果我成為葛洛莉亞的族人，我還可以當您的族人嗎？」

「可以。」

「確定嗎？」

「我當然確定，愛將我們緊緊綁在一起，妳跟我永遠都是同一族的人。」

「那就好。」蒂朵說。她父親也點點頭表示贊同。

兩人沉默了一陣子，她父親在寂靜之中往後靠到椅子上，兩隻腳的腳踝交叉，雙手向後枕著頭。這幅景象也令人想起火災那天。蒂朵和艾蜜莉亞在葡萄園邊上玩耍時，她們的母親曾短暫地沉浸在一股奇異的喜悅中，那種喜悅現在出現在她父親的臉上。蒂朵不知道這陣沉默持續了多久；她在無意睡著的情況下陷入沉睡。她再度醒來時，已經是早上了。

⋯

保母葛洛莉亞戰戰兢兢地監督一群人將馬車上的黏土罐搬到垂柳樹下，蒂朵猜測她想要自己搬，可惜她的力氣不夠大，只好不甘願地將這個任務交到那群男人手中。

那是蒂朵見過最大的罐子，幾乎是完美的圓球體，某些地方有點燒焦，但是整體而言十分平滑。蒂朵光是用看的，就覺得那是世界上最堅固的罐子。但是看到保母葛洛莉亞對那些男人大呼小叫，一下子說太靠近酒窖的牆壁，一下子說他們的肩膀太放鬆，代表他們的責任心很鬆散，蒂朵便開始認為那其實是世界上最脆弱的罐子。「一路搬到樹下。」保母葛洛莉亞說道：「放在灰色的石頭旁邊。輕一點，動作輕一點。」雖然蒂朵覺得他們因為不勝其擾而搖著頭，但他們還是照做了。「我看到了，卡列德。」葛洛莉亞補上一句：「你沒出力。」

她父親也在一旁看著，臉上露出類似愉快的表情。他試著用手遮住笑容，但是保母葛洛莉亞還是看見了，她很快地搖了搖頭，然後立刻繼續她的監督工作。蒂朵認為要不是他們累了，那些男人可能也會覺得整件事很好笑。他們挺起腰、伸展雙臂，向她的父親輕輕點頭並露出微笑以示道別。她父親和保母葛洛莉亞都說了聲：「謝謝。」

蒂朵更仔細地打量罐子，越來越感到好奇。「開口好小。」她說道：「妳要怎麼用這個煮菜？」

「這不是用來煮菜的。」葛洛莉亞回答：「在我的語言裡，我們不稱它為罐子，那是西方人為了方便而使用的字眼。這是用來存水的，讓水在夏天變得涼爽。它也能賦予味道，我們有時候會在慶典活動上用它來裝啤酒。」

「它要怎麼賦予水味道？」

葛洛莉亞面露微笑，漫不經心地聳聳肩。「那是個謎團。」她轉向蒂朵的父親：「我們可以開始了嗎？先生？」

父親點點頭，他們手牽著手圍在罐子旁邊，蒂朵的右手被父親緊緊握著，左手則握在葛洛莉亞保母手裡。

葛洛莉亞保母向罐子傾身，用某種語言呼喚她的祖先，蒂朵知道那一定是她的母語。正如她稍早時向蒂朵解釋的，她會呼喚和讚美祂們的名字，吸引祂們過來，祈求祂們的注意。那些名字，神聖的名字，追尋著一個族群被逐出北方酋邦時留下的故事。那些故事提到姆瑪瑟蕾奎恩，祂們的女王；提到馴服河流、統治新酋邦的疣豬家族。

她將祂們從墳墓呼喚過來，不論祂們是近是遠、在這裡或那裡，甚至是散落在南方——在姆瑪瑟蕾奎恩的事蹟與影響力扎根蔓延的地方。保母葛洛莉亞誠心呼喚，當她知道祂們全數到齊之後，她開始懇求。

保母葛洛莉亞說道：「是我，姆瑪柯瑪，克雷蘿和瑪托梅的長女，馬柯培和摩賽拉納的後代，姆瑪沫拉碧河流大豹神的後代。我祈求祢們聽我說，我前來祈求祢們贈予連結給這些孤兒。我將他們交到祢們手中。請聽他們的名字、為他們的血留下印記，保護他們的安全。」

她示意蒂朵的父親按照她說的那樣往前站，他朝罐口傾身。「我父親將我命名為亞伯罕．凡澤爾。」他用阿非利加語說道：「我的族人來自荷蘭和英格蘭，在西邊海洋的另一頭，我的根源在那裡。我將我的女兒帶給祢們，她的母親，由她父親命名的艾麗莎．米勒，算是這片土地的子民。但是她不知道自己的族人和部落，也不知道祖先的名字。我將這個孩子帶給祢們，祈求祢們將她當作家人、當作祢們的血脈。我祈求祢們保護她的安全。我……我謝謝祢們。」

他看向保母葛洛莉亞，她點點頭表示他做得很好，父親如釋重負地鬆了一口氣，挺起身子。

輪到蒂朵的時候，她盡可能地靠近罐口。她的聲音因為無以名狀的情緒而顫抖，但是仍然十分接近保母葛洛莉亞宏亮又無懼的嗓音——至少她希望是如此。

根據其他人的說法，她明白她和父親正在淨化自己，祛除艾蜜莉亞和母親的死亡可能帶來的霉運。蒂朵不確定自己真的瞭解這一切，但是她知道父親很擔心她，也知道葛洛莉亞保母堅信預兆的存在。她想著，既然她在得知母親的祕密後便深感憂慮，那麼這場儀式也許是必要的。根據她父親所言，她能夠屬於葛洛莉亞保母的家族。

她清清喉嚨，努力不讓眼淚流下來。她也開始以阿非利加語呼喚：「我由母親和父親命名為艾麗莎．蒂朵．凡澤爾。我前來尋求庇護。我由保母……姆瑪柯瑪命名為克雷蘿。」她的聲音漸漸變成氣音。她害怕如果提高嗓音，將會哭出來搞砸整個儀式。「我是克雷蘿，請聽見我的聲音。」她終於說完。

她覺得自己聽見話音迴盪，或者她只是在做夢。但是她感覺到那些話語，穿越了從錯灣吹來的風。一開始很大聲，呼喚聲隨後轉變成柔和的節奏，承載著眾多呼喚她的聲音傳到天上。她對那個語言很陌生，但是她知道自己聽過他們唱的歌、他們的祕密。

歌聲載著她的名字，穿越這陣風，穿越時間，穿越所有將她與腳下這片土地連結的人發出的回音。那聲呼喚令她產生睡意。那聲呼喚將她織入陌生臉孔、奇怪名字和陰暗回憶那似乎沒有終點的絲帶中。那聲呼喚輕輕地拉著她，接著用力將她拉進壺中，那些面孔、名字和回憶訴說起接納她的靈魂的故事。

她的心因為放鬆而振奮起來，她閉上眼睛，隨著回音前進。隨著回音逐漸退回它們誕生的搖籃中，歌聲停止、網子鬆綁，聚集起來的人散開，說了再見。蒂朵對祂們說道：「請找到我的族人……保護我。」那些面孔，那許多雙從上方的世界往下看的眼睛——她知道祂們看見她了。祂們呼喚的是她，不是風。祂們終究會聽見她說的話。

但是這只是一場夢，蒂朵心裡想著。如果她告訴保母葛洛莉亞和父親自己剛剛的所見所聞，他們一定會笑她。所以她露出微笑，試著在他們兩人看到之前，擦掉噙滿雙眼的淚水。

父親雙手環抱她。「我在妳身邊。」

「妳做得很好。」葛洛莉亞保母說：「我現在要送走她們的靈魂。」

說罷，保母葛洛莉亞從垂柳樹的樹枝上摘下兩根嫩枝，走向宅邸的東側廂房。她跪了下來，對逝去的靈魂說話。她告訴兩人她們已經死了，她們不再屬於人間。她接著請她們耐心等待、保持平靜，不必擔心，因為她會引導她們到墳墓去。她依然用平靜的口吻告訴她們，墳墓是前往死後世界的大門，祖先在那裡等待她們。她這一番話是用七零八落的英語夾雜阿非利加語說的。保母葛洛莉亞安撫完靈魂之後，拿著垂柳的嫩枝走向葡萄園的山坡，將嫩枝埋在墳墓旁邊。

她轉身時說道：「現在我們必須把衣服燒掉。」

蒂朵和父親拿來了她們在火災當晚穿的衣服，必須將它們燒成灰燼，接著埋在垂柳樹下，如此一來就不會有任何東西跟隨她們到另一個世界。保母葛洛莉亞提到，在一般情況下應該由蒂朵和她父親焚燒衣服。但是這不是一般情況，蒂朵不想靠近火焰，所以他們只是搭起小小的木柴堆，讓保母葛洛莉亞點火。

堆好柴火後，蒂朵和父親就回到宅邸去了。父親隨後開始忙於桌上的文件，蒂朵則偷偷離開房子，躲在酒窖附近，這樣更容易看見垂柳樹下發生的事情。

葛洛莉亞保母一點也不浪費時間，濃煙已經直竄上天，煙味和黑影微微將天空染黑。濃煙下方的火焰摧毀了舔舐的一切。將衣服丟棄，餵給那個將她妹妹偷走的東西，也能夠祛除她們身上的詛咒——若真是如此，那似乎太過簡單。但那是葛洛莉亞保母向她保證的，蒂朵全心全意盼望真是如此。

銀河如何出現在天上

蒂朵坐在樟樹後，想像母親還坐在那棵她守護的垂柳樹下。但是少了艾蜜莉亞一直過來煩她，一切就失去了樂趣。她現在的日子十分安靜，讓她想哭。

她試著發明不需要艾蜜莉亞一起玩的新遊戲。她在葡萄園裡奔跑穿梭時，感覺到身後一片空虛。太不自然了。那是艾蜜莉亞原本會追著跑過來的地方，她的頭髮會在背後狂野地舞動，她的笑聲會劃破瀰漫在田地裡的詭異氣息。艾蜜莉亞突然消失，只剩下蒂朵孤身一人，這種感覺太不自然了，讓她很難過，有時候她想這件事想得太久，就會哭到不能自已。

坐在她母親的柳樹下，寫下她記得的所有關於艾蜜莉亞的事情，會讓她不那麼難過。這樣一來，她就不會忘記每一件事，包括她和艾蜜莉亞有一次在葡萄園裡找螢火蟲，卻反而找到蛾和蛾幼蟲的那件事。艾蜜莉亞堅信那是蝴蝶的幼蟲，所以她們自然而然地開始爭論蛾與蝴蝶之間的差別。

還有一次，她們發現一隻海星逗留在沙灘與海水的交界處。艾蜜莉亞想餵牠吃一小塊蘋果，但那只是徒勞。蒂朵記得每一件事，並全部寫了下來。她去探望母親與妹妹時，便將故事唸給艾蜜莉亞聽。

葛洛莉亞說過，死後的世界比這個世界更好。蒂朵很欣慰：她母親在那裡會很開心。但是，蒂朵不希望艾蜜莉亞迷失在死後世界的快樂中，然後忘了她，所以她盡可能真摯而忠實地述說這些故事，希望她的聲音能傳到那遙遠又未知的地方。

她很快就會離開開普敦、穿越川斯瓦、越過邊界進入羅德西亞，或許還會跨越海洋。到時候她就不再屬於開普敦了。蒂朵一想到這裡，就更確定她必須盡快上完課，因為她想利用剩下的每一分每一秒，將所有事情寫進日記裡。完成之後，她玩了曾經和艾蜜莉亞一起玩的遊戲。這是最後一次了——氣喘吁吁、漫無目的地在葡萄藤之間奔跑。這是她還屬於這裡的最後時光，這片她深愛的土地。她想要好好把握每一分每一秒，向這裡道別，向她與妹妹的種種冒險道別。

所以她彷彿跳舞一般奔跑著，就像她與艾蜜莉亞以前那樣。她向左跑又向右跑，迅速、敏捷，拔腿狂奔，時不時地瞥向身後那一片空虛，想像著艾蜜莉亞的手與她的裙襬只差了那麼一點點距離——她沿著葡萄園的小徑往下跑，繞了一圈又一圈，每一次都會繞回燒毀的東側廂房。煙灰蓋住了原本刷成白色的牆面，讓牆壁彷彿隱藏在陰影之下。但是靠近西側的某幾處牆面仍然很白，與蒙上一層陰影的廢墟形成刺眼的對比。

一陣塵捲風鏟起廢墟裡的灰燼，一路捲到天上，不斷往上竄升、竄升、竄升，直到與焦黑的牆面一樣高。灰燼在塵捲風中舞動。黑色的灰燼與褐色的沙塵徹底交融，塵捲風變成夜晚一般的漆黑。這陣風不斷打轉著，漸漸遠離蒂朵，朝著下坡而去，逐漸靠近那棵赤楊木。

她扔下鞋子，沿著塵捲風颳過的路徑往前跑去。隨著宅邸漸漸消失在她的視線中，塵捲風也開始減弱，最後只剩下那些曾隨風飛舞的碎片。蒂朵沿著碎片鋪成的路徑，跨越植物雜亂叢生的小溝渠，走到葡萄園。

工人看見她，紛紛舉起手打招呼：「早安，蒂朵小姐。」她也舉起手來跟他們致意。他們露出微笑，調整一下遮陽帽後很快地繼續工作。

地面把她的腳刺得發疼，她發現自己得穿鞋，所以回到焦黑的牆面那裡去找鞋子。陽光越來越炙熱，所以她脫下外套和絲襪。蒂朵回到樹下的時候，塔利克或其他農場工人已經將地上的碎片掃乾淨，所以她不是循著碎片鋪成的路回來的，而是沿著樹木連成的小徑跑回來。她一邊跑一邊伸展手臂，彷彿自己在飛。「我是一隻鶴。」她對著風說道。風回應了她。聲音很輕柔，模糊的話語令人感到平靜。

工人的聲音也隨著節奏提高然後逐漸遠去，他們的聲音迸發為笑聲，因為震驚而變了的語調，各種祕密形成的喧鬧嘈雜，還有其他徘徊在她身邊的聲音。有時候聽起來像一首歌或蜜蜂的嗡嗡聲，其他時候聽起來像是在呼喚蒂朵的名字，然後在風中迴蕩著。

那個聲音安撫她、支撐她，將她拉向艾蜜莉亞和母親的靈魂安歇的天空。她閉上眼睛，隨著回憶前進。

很久以前，葛洛莉亞保母告訴過蒂朵她的族人的故事。她說，他們來自川斯瓦，每一個人都跟她一樣矮小。她說過耕種季節的誕生，那是在凱勒美拉的七顆星在黎明的微光中升起，喚醒休息中的播種者之時。時間就是從那一刻開始的。夏天的事物誕生。女孩在茅屋裡成為女人，平原生機盎然，孩童因為快樂而圓潤。蒂朵指著凱勒美拉告訴艾蜜莉亞：「看見夏天的徵兆了嗎？就在天上。看見逃離獵人的三隻斑馬了嗎？妳看見夏天的事物了嗎？」

艾蜜莉亞搖搖頭，她知道那些星星其他的名字，例如昴宿星團和獵戶座腰帶。「這就是認星星遊戲的由來。」蒂朵對著風說道：「我們用葛洛莉亞族人為星星取的名字，畫成星座圖。但是我們也知道西方人為星星取的名字。」

蒂朵的母親突然也出現了，她說：「我會把認出最多星星的人扛在背上，揹著她穿越田地，御風前行。」突然之間，像做夢一樣，艾蜜莉亞贏了。她興奮地又喊又叫，飛到母親的背上。蒂朵坐在柳樹下的灰色石頭上，葛洛莉亞保母環抱著她的肩膀，她們一起看著她母親和妹妹模糊的身影，像鳥一樣穿越這一陣風。

「母親一直都知道夏天所有事物的名字嗎？」蒂朵對風發問：「她知道關於天空的事嗎？」

「她的骨頭學過。」保母葛洛莉亞說，她的聲音比夢境裡的更清晰、更鮮明。蒂朵此時因為突如其來的恐懼而瞪大眼睛。她的心跳越來越急促，血液變得滾燙。她側耳傾聽。風的聲音變成一片寂靜，消失無蹤，彷彿從來沒有呼喚過她的名字。

她四處張望，看看葛洛莉亞保母是不是躲在哪邊的灌木叢裡。但是她什麼都沒找到。那詭異的葛洛莉亞保母的聲音也消失不見了。工人們再次舉手跟她打招呼。「沒事吧？蒂朵小姐？」他們問道。

「沒事，謝謝你們。你們還順利嗎？」

「很好，蒂朵小姐。」他們回答，一如往常露出微笑，調整一下遮陽帽後便繼續手頭的工作。

此時突然颳起一陣又急又猛的旋風，第二陣塵捲風從蒂朵站的地方竄起，從地上捲起落葉，不斷往上竄升、竄升、竄升，直到比垂柳樹還高。飛舞的樹葉，為褐色的塵捲風染上一抹又一抹色彩，如同她母親的冠冕一樣是金色的。這陣風打轉著離開了；一路往上、往上、往上，靠近燒毀的宅邸牆面。蒂朵很快跟上，她一抵達牆邊，塵捲風就減弱了，只剩下那些曾隨風飛舞的碎片。

蒂朵沉默不語地站在原地，全神貫注盯著眼前的景象。她知道就算只是閉眼片刻，等她張開雙眼時，也會發現院子裡的碎片通通消失不見。她一直盯著前方，直到眼角積滿淚水的雙眼表示抗議，她才不情願地閉上眼，然後又馬上睜開。此時保母葛洛莉亞從廚房走出來。「妳今天玩了什麼遊戲呀？」她用阿非利加語問蒂朵。

「認星星遊戲。」蒂朵回答，像她平常對保母葛洛莉亞說話那樣，夾雜英語、荷語和阿非利加語，急促但流暢地融合在一起。「妳剛剛才走過來嗎？妳有叫我嗎？」

「我剛剛不在外面，我只是來把妳的東西拿進去。怎麼這麼問？」

「我好像聽到妳的聲音，妳跟我說了幾個故事。感覺……感覺很像夢境，像是會永遠存在的回憶，但是下一秒……妳好像變成了風，還呼喚我的名字。我母親和艾蜜莉亞也在那裡。」

「妳害怕嗎？」葛洛莉亞保母問她。

蒂朵不確定自己當時是不是很恐懼，或者應該是說她最初的感受是鬆了一口氣。「我不知道，但應該是。」

「妳記得銀河如何出現在天上的那個故事嗎？」葛洛莉亞保母問她。

蒂朵點點頭。「那是時間之初，世界還很年輕的時候。一個女孩將燒紅的木塊和灰燼拋向天空。女孩受到神靈的祝福。她拋向空中的灰燼開始發光，為迷失的人照亮一條路。」

「很好。」保母葛洛莉亞露出微笑。「來吧。」她伸出手。「該吃午餐了，我準備了妳愛吃的蔬菜。」

蒂朵開心地牽起葛洛莉亞的手，兩人一起離開那面焦黑的牆壁。

攝影師沒有生命的作品

愛麗絲修女只要有空，每隔兩天就會到莊園走一趟，但是有時候一週只來一次。她表示這是為了確保蒂朵的心智沒有因為無所事事而頹廢。她會帶著書過來；她會和蒂朵一起在圖書室看書、算數。一切都很單純。愛麗絲修女比伊莉莎白修女年輕許多，頂多二十出頭，因此蒂朵覺得她上的課更容易懂。

有時在愛麗絲修女已經離開好幾個鐘頭之後，蒂朵依然沉浸在那些乍看棘手，細思則發現一點也不難的算數題。亞伯罕會認真聆聽並點點頭。她做完題目之後，他看見她臉上又閃過一絲悲傷的陰影，便問她和修女一起讀了什麼書。她回答：「我們剛看完《孤雛淚》。」她接著興致勃勃地分享故事的細節，她眼中的陰影消逝，取而代之的是專注的神情。為此，亞伯罕對修女們只有說不盡的感激。

然而，到了五月的最後一個星期四，也就是葬禮過後一個月，愛麗絲修女就不再帶書來，或者來上課了。蒂朵只好去葡萄園裡，幫忙修剪葡萄藤以迎接冬天的到來。她其實幫不上太多忙，但是家務就和上課一樣，能夠驅趕籠罩在她臉上的悲傷陰影。事實上她比較像個麻煩——她不斷發問，害得法魯克和工人分心，她還漸漸大膽起來，自己拿剪刀剪斷樹莖，破壞了不少葡萄藤。因此亞伯罕對工人們只有說不盡的感激。

當愛麗絲修女於中午抵達時，第一個聽見她聲音的人是塔利克，他當時正在揀選餵鴨的穀物。塔利克是個說話輕聲細語的男孩，他不像哈芙莎，他絕對會是在花朵之類的事物上浪費時間的人。

那天，他也在浪費時間，他指著一隻嬌小的黃褐色小鴨說道：「她叫小柳，柳樹的柳。她不喜歡吃穀粒，所以我把穀粒磨碎，放在那裡餵她。」他指向酒窖附近一叢鮮紅色的植物。

事實上，愛麗絲修女也是會將時間浪費在鴨子上的人，要不然就是她禮貌得過了頭，這或許就是蒂朵喜歡她的原因。又或者更可能的是，從愛麗絲修女的性格來看，她是為了浪費時間而浪費時間，因為她對此行的任務感到焦慮。無論如何，她詢問塔利克怎麼知道小柳不喜歡吃又粗又硬的穀粒，而他也很樂意為她細細道來。

愛琳娜聽見了他們交談的聲音，愛琳娜也是個膽小的女孩，她在艾麗莎和艾蜜莉亞的葬禮上發現自己愛上了塔利克。她遠遠地看著他和修女說話。當她聽見笑聲傳來，便認定他們已經浪費太多時間了。於是愛琳娜迅速跑去叫葛洛莉亞，她當時正在幫亞伯罕把艾麗莎的書裝進籃子，所有東西都要運往英格蘭給她的父母。「修女老師來了。」愛琳娜說，她低著頭，聲音不住顫抖，像是風中輕柔的呢喃，她不確定的態度將她宣布的消息變成了疑問句。接著一件怪異的事突然浮上她的心頭，她自言自語般地喃喃說道：「但是她沒帶書。」

亞伯罕和葛洛莉亞都累了，因此他們欣然把握這個機會，離開充滿霉味的圖書室。雖然亞伯罕不久後就又被迫回到書房，因為愛麗絲修女一見到他，就一反常態地毫不浪費時間地提起自己要警告他的要緊事。「先生，伊莉莎白修女派我來這裡。」她說道：「她一直在關注國會的情況，我想你也知道。但是她也在關注其他事情，先生。」

亞伯罕頓時慌張起來。「她知道什麼事了？」他問道。

「這個嘛。」愛麗絲修女環顧一下圖書室，看見空蕩蕩的書架和周遭凌亂的景象後，她點點頭。「這個嘛，她知道你們正在準備離開的話會很高興的。你相信你的工人嗎？先生？」

「什麼意思？」

「有多少人知道你們要離開？」

「我女兒的保母知道細節，所有人都知道房子和土地要轉手。我不能就這樣離開，這些人都愛我的孩子們。」他說，接著又不甘願地補充一句：「也愛我的妻子。」

「他們知道你們離開的精確時間嗎？」

「知道。愛麗絲修女，請問到底是怎麼回事？」

相較於伊莉莎白修女的謹慎堅定，此刻的愛麗絲修女顯得煩躁不安。她坐在一張椅子上，那是丹尼爾．羅斯曾經就站在同一個位置，將亞伯罕的人生搞得天翻地覆。她的雙手緊緊交握，面露微笑，但更像是勉強扭曲嘴角。「星期一時有兩個男人到學校來，他們昨天又來了。他們看起來很普通，說要幫女兒找學校——如果他們沒說謊的話。」

「但是他們問了……一些奇怪的問題。他們問學校有沒有黑白混血的學生，更具體地說，他們問那個倖存的凡澤爾女孩上次來學校是什麼時候。伊莉莎白修女想起來她知道其中一個人是誰。大概五年前左右，她在協助班尼迪克神父為死因臨終禱告時看過其中一個男人，他當時是島上的警衛。伊莉莎白修女猜測他現在當上警察了，但她不能確定。當然這些事情可能沒那麼嚴重。不過有鑑於現在的情況，我們必須考量整體，考量每一件事情。你們必須盡快離開。」

亞伯罕癱坐在椅子上。「我的工作還沒做完。」他自言自語，為自己的失敗多添一筆。「我女兒還沒準備好，我們需要時間……她需要時間。」

愛麗絲修女沒有馬上說出自己的想法。她環顧房間四周，但就是不看他，彷彿她知道生命意義的最終解答，但是出於天命的某種規則，她不能告訴他。他必須自己解決這個兩難。

他需要時間。他需要時間。「但我想已經沒有別的辦法了。」他最後說道。

⋯⋯

亞伯罕迅速將東西收拾完畢，他終究還是得前往北方。他沒有時間細心挑選了，沒有太多東西要收拾，也沒有太多東西要留下來；在為旅程準備的寥寥幾套西裝和所需文件下方，他放進一幀他、艾麗莎和兩個女兒的合照。每個人都以堅毅的表情凝視著看不見的攝影師。這是一年前拍的照片，照片中的艾蜜莉亞雖然努力擺出嚴肅的表情，嘴角卻露出一抹小小的微笑。

照片是在宅邸前方拍攝的，攝影師指示艾麗莎坐在一張木板凳上，雙手放在膝蓋上。艾蜜莉亞站在艾麗莎左邊，蒂朵站在右邊。亞伯罕站在她們身後，像一片籠罩她們的陰影，從攝影師這張沒有生命的作品中，無法解讀出這個蒼白的男人對兩個女兒強烈的愛。

照片中的艾蜜莉亞凍結在滿腹狐疑的瞬間，亞伯罕真希望她當時沒有遵照攝影師的指示，而是露出大大的笑容。但是時機已經過去了，他無法將她在這幅合照中缺失的活力存放在那幾件他為了這趟出走而收拾的寶物和必需品下。

他和蒂朵一起走上那條蜿蜒的小徑，走向埋葬艾麗莎與艾蜜莉亞的山坡。接近午夜，夜色漆黑，比起雙眼，他們的記憶更能準確地引領他們前行。亞伯罕拿的提燈只能照亮前方一兩步的距離。他們現在一定像極了兩隻奇怪的螢火蟲，渺小又孤獨，伴隨著昏暗的紅光向前滑翔，直到這趟艱辛的路程終於結束。

亞伯罕看向比較小的墳墓，那是埋葬著艾蜜莉亞的。「我們必須離開，寶貝。」他對著她，對著堅硬的石頭說道。他想告訴她自己愛她，讓她繼續在原來的世界徘徊。但是他也要離開這個曾經是家的地方了。「我們必須離開這裡。」他再次說道。

蒂朵將鮮花擺上墳墓。「再見。」這是她唯一說出口的一句話。

亞伯罕眨眨眼睛，努力不讓鹽分進入眼中，不讓未落的眼淚流下。他迅速將所有必需品揹到背上，重新走下山丘。

⋯

亞伯罕抵達山丘下，用兜帽罩住蒂朵的頭，此時在瘋子約翰．艾許比住宿的旅舍外面，一隻狗吠了起來。

那是一隻流浪狗，一隻曾經咬了地方法官兒子的狂犬病狗。地方法官想殺死牠，但沒有人能抓到牠；牠悄悄溜到碼頭上，接下來一個星期左右都沒人看見牠。然後在那一天，牠跑出來狂吠嚎叫，把約翰．艾許比從噩夢中驚醒。要不是那隻狗叫個不停，把其他流浪狗都引來了，他可能會再度入睡。

約翰．艾許比被噪音吵得睡不著。而他越是想那個夢境，越感到擔心。他夢裡有一個男人。約翰知道那個人是誰。那個人叫亞伯罕．凡澤爾。這個叫亞伯罕．凡澤爾的人正在做某件他不該做的事情，這是另一個叫做丹尼爾．羅斯的人說的。

他相信約翰，那位羅斯先生，他沒有叫他瘋子。他會聽他說，也會相信他的話。他對約翰說：「告訴我亞伯罕．凡澤爾什麼時候過來拍賣行的。告訴我他買了什麼。告訴我他賣了什麼。告訴我他見了誰……告訴我所有事情。告訴他幾件事情。」

夢裡的亞伯罕．凡澤爾不是要去拍賣行。他站在一棵樹下，一棵粗壯的樹下。那是一棵粗壯的樹，看起來飢腸轆轆的纖細樹枝像尖尖的爪子般伸向天空。但那不是爪子；它們看起來像樹根。一棵上下顛倒的樹。對，那是一棵上下顛倒的樹，一棵粗壯的上下顛倒的樹，一列火車從上面開過去。

有一列火車，沒錯。那裡不應該有一列火車和一棵上下顛倒的大樹，應該只有拍賣行。必須告訴羅斯先生。是的，必須告訴那個叫丹尼爾．羅斯的人，告訴他那個叫亞伯罕．凡澤爾的人在一個奇怪的世界裡，身邊都是奇怪的東西。

當然，他告訴羅斯先生有關凡澤爾先生的事情時，他不會提到自己的夢境。他沒有發瘋。他會說他看見凡澤爾先生偷偷摸摸地進入車站。羅斯先生相信約翰。他沒有叫他瘋子。但是正如約翰認識的大多數人，羅斯先生想要生命中的各種巧合環環相扣，完美地緊扣在一起。羅斯先生相信約翰。但是他並不知道，有時候生命中發生的事情不需要理由。儘管如此，他還是得告訴羅斯先生。必須告訴他。約翰爬下床，開始著裝。

……

亞伯罕的車抵達火車站，這趟旅程從寂靜中開始，也在寂靜中結束。

每個人都清楚知道自己在這部長篇故事中扮演什麼角色。法魯克將車子停在貨物倉庫附近。喧囂的城市在天色暗下後瞬間陷入死寂，沉睡在在山腳的寂靜中，而山峰像是空中的一片陰影，像是鬼魂，一個輕哄城市進入夢鄉的幽靈哨兵。但是火車和月台並非與這座古老的城市一同誕生，而是新收養的孩子，渴望得到愛。它們在城市沉睡時依然賣力工作。因此，亞伯罕的車子抵達時，他發現火車站依舊忙碌著。

月台上裝了一排維多利亞風格路燈，乘務員和其他工人正在準備發車，有剛剛從碼頭送來的裝滿信件的籃子，山谷運來的酒，還有其他貨物。不過最引人入勝的還是火車本身。那是一列名叫聯邦快車的藍色火車，宛如光彩奪目的藍寶石，宛如火車所承諾的夢想——不是藍寶石，而是北方那遍地的黃金與鑽石，或者對亞伯罕和蒂朵而言，是逃離的希望。

在法魯克從車上卸下行李時，愛麗絲修女找到售票員。他是個來自納塔爾省的小個子。愛麗絲修女是透過伊莉莎白修女認識他的，而伊莉莎白修女則是因為世界大戰而認識他：戰爭進入尾聲時，這個名叫大衛的男人許諾將自己的下半輩子全部奉獻給上帝，前提是上帝覺得救他這一命是明智之舉。而上帝似乎決定伸出援手，因此大衛現在欠了債，償還的方式就是將自己奉獻給伊莉莎白修女和天主教堂。

大衛和愛麗絲修女低聲交談了幾句，他指了一個方向後點點頭，她很快走了回來。「非必要的話請別離開車廂，先生。」她耳語道：「乘務員會辦好所有事情，他不會惹麻煩的，因為你是白人。但蒂朵必須躲好。」有一句話她沒說出口，或許是基於她信奉的教條：**如果有人問你蒂朵是誰，你就撒謊**。亞伯罕點點頭，表示他明白那些說出口和未說出口的建議。

此時，亞伯罕和蒂朵終於在這個長篇故事中登場。一直充滿決心的蒂朵，現在看起來不如往常那樣勇敢。她的嘴唇顫抖、眼裡噙滿淚水，她對法魯克說：「我會想你的，法魯克叔叔。請告訴葛洛莉亞保母要照顧我種的那棵樹。如果它長不大，就請她種另一棵。請你告訴她我愛她。我不確定她是否知道。」一滴眼淚從她的左眼溜了出來，蒂朵不再說話，低下了頭。

法魯克將那滴眼淚擦掉，然後抱緊她。「我會的，小蒂朵。要繼續做個乖孩子，好嗎？要繼續做個聰明的孩子。」蒂朵點點頭。他轉向亞伯罕，露出憂傷的、只照亮了半邊臉的笑容。法魯克一向不多話，因此發現他竟會這樣毫無顧忌地流下淚水，讓他們倍感震驚。「一切都會沒事的，先生。」他一邊吸鼻子一邊說：「那是神的旨意。」亞伯罕點點頭，擁抱了法魯克。

相較之下，愛麗絲修女道別時顯得壓抑許多。她叮囑蒂朵記得讀書、繼續算數，接著提醒亞伯罕務必小心，祝他好運，然後匆匆地和他握了手。道別之後，功臣身退的法魯克和愛麗絲修女退回闃寂之中，漆黑的城市歡迎他們的歸來，將他們完全吞沒。

拋下這座沉睡城市的亞伯罕和蒂朵，此刻必須隨著其他不屬於城市的事物一起離開。火車終於出發，朝著德阿爾、克來斯多和普勒托利亞前進，獨留城市甦醒後迎接自己的喧囂。

⋯⋯

開普敦是一座按部就班的城市，總是醒得很早。晨霧就像一條不再需要的毯子般被一掀而散。

農場裡的姆瑪柯瑪隨之甦醒，一如她十一年來的日常。她在僕人用的爐灶上燒水準備洗澡。此時公雞已經啼叫數次，向眾人宣告太陽升起，但那一天的太陽是個不願上工的僕人。

早晨緩緩褪去黎明前某個時刻生出的寒氣，太陽總算妥協，起初躲在山坡、山脈和建築物後方窺視，後來發現城市的居民沒有得到自己的允許就已醒來，便懶洋洋地伸展，填滿了東方的地平線。

城市悠然地甦醒過來，那些哥德式教堂、市場、旅舍和其他商業繁忙而活絡的地方，華麗迷人地模仿著維多利亞時代倫敦的景象；碼頭鐘樓在港灣中數點時光——這些建築物都活了過來，努力想贏過鄰居、讚頌自己的建造者，說著**我比你更能反照出舊世界的樣貌**。

姆瑪柯瑪洗過澡後，走向宅邸的廚房準備早餐。她經過酒窖、池塘和池塘裡的鴨子，通往田地和墳墓的小徑，最後是遭到火吻後坍落的柱子。

她佇足片刻，思考、冷靜，安撫自己的心，以接受這不斷改變的世界。當她想起艾麗莎夫人和艾蜜莉亞早已長眠地下時，她的呼吸一下子變得急促。當她想起深夜時分，凡澤爾先生和蒂朵如霧氣般迅速消散時，她的呼吸更加急促。他們走了。他們往哪裡去，她無法得知。她永遠不會知道。所以她就那樣站著，站著，哭泣。

教猴子爬樹

第三部

其他振翅飛竄的昆蟲

火車啟程約四十小時後，抵達了普勒托利亞。抵達時是白天，迎接亞伯罕和蒂朵的是繁忙的城市。這裡的建築物採用荷式風格，但又參雜了一點異國元素，彷彿建築師創造的是一群渴望叛逆，但大體上依舊與父母十分相似的孩子，尤其是那高大的山牆和刷白的窗板。

亞伯罕希望能找到幾棵特立獨行的藍花楹樹，提早開花或花朵在秋天開得特別久。他想讓蒂朵看見那美不勝收的紫色花團。可惜，樹上一朵花也沒有。

北方的黃昏來得更早，而且太陽下山的速度太快了。亞伯罕找到伊莉莎白修女聯絡的司機後，不一會兒黑暗就籠罩了他們。他的視力可能出了問題，但是亞伯罕感覺一旦夜幕遮蓋了整個世界，北方的夜色顯得更加深邃。驅使他離開開普敦的急迫感似乎遽增了十倍。身處南非聯邦的任何一個首府，都讓他感到極度不安。他們父女倆都很疲倦，需要休息，但是他和蒂朵越早離開這裡越好。

前方的路仍然十分漫長，看不見盡頭。更糟的是，他們要去一個沒人預期他們會出現的地方。他們會得到歡迎嗎？但這是抵達之後才要去想的問題。他現在只能將蒂朵攬進懷中，漸漸陷入沉睡。

⋮

由於約翰尼斯·堯伯特總是會遭遇無謂的悲劇，所以他的農場是安置在熱帶地區的邊緣。就像是得到家族憐憫而得以住在郊區的窮親戚，或者一棵病懨懨的小樹，在旁邊備受疼愛、營養充沛的手足的陰影下瑟縮著。約翰尼斯的農場努力依靠偶爾降臨的幾滴雨水掙扎求生，只能嫉妒地看著長滿熱帶植物的山谷。或許出於羞愧，農場上的樹木、玉米和其他植物的新苗都垂著頭。亞伯罕並沒有問約翰尼斯，既然他已經自我放逐至此，為什麼不將農場延伸到植被茂盛的地帶。即使在日子過得最好的時候，他這位老友就已經很難搞了。在最艱難的時刻，他更是充滿怨毒。

他成年後的大部分時間，顯然都花在嘗試理解（卻始終沒成功）為什麼像亞伯罕這樣前途似錦的年輕人，會逃不過這個大洲上最容易避免的誘惑。他曾經對亞伯罕這麼說，當時他正瘋狂迷戀著妻子，難以自拔。

但不管怎麼說，約翰尼斯始終是個堅守信念的人。他一絲不苟地實踐自己的信條，沒有絲毫偏差，所以當他一邊用菸斗吐出繚繞的煙霧，一邊用粗啞的嗓音說出他不歡迎蒂朵進入他家時，亞伯罕就知道他絕對不會動搖。他把手臂擱在大腿上，向前傾身，用他所能展現最堅定的態度反駁。「我也會睡在僕人的房間。」他說。

煙霧從約翰尼斯的菸斗冒出，踩著踟躕的舞步向上盤旋，兩個男人的眼神都追隨著那瞬息萬變的煙霧。就在它即將消散之際，約翰尼斯決定指出亞伯罕的錯誤。他說：「伯罕，我不會讓別人說我把你貶低成僕人的地位。在這裡不行，只要我還活著就不可能。」

「如果你現在不是以活著的身分譴責我，還會是怎麼樣？」亞伯罕回嘴。

約翰尼斯沒有說話，因為內心惱火而氣息粗重，眼神流露不善的威脅。亞伯罕意識到他和約翰尼斯已經陷入無意義的閒談。所謂禮貌的細微之處十分微妙：他們兩個人都知道自己該說什麼、不該說什麼，而那些未說出口的話語也蘊含了許多意義。這就是事情進行的方式。巴索托人有一套說法，他們將這種困境稱為「教猴子爬樹」。亞伯罕馬上就明白這句話，在他遇到不時前來莊園尋求庇護的歐洲遊客時，就已經練習過這件事無數次。在教猴子爬樹的過程中，一個人可以說出眾所周知的事情，好讓自己顯得不那麼失禮。

「如果有人問起，約翰，你就告訴他們我瘋了，就像這幾年的傳言說的。」亞伯罕年輕時常開玩笑地稱呼約翰尼斯為「約翰」，他已經喊習慣了。而約翰尼斯也奇怪地喜歡這個稱呼，所以就這樣持續下去。「告訴他們你很堅持，但是我不肯講道理。這樣一來，整件事就可以理解了，我的老朋友。」他想了想又補充一句。

「那我的僕人睡哪？」約翰尼斯問。

亞伯罕瞭解約翰尼斯，他知道自己找到了兩人都認同的道德立場。他問：「他們都是非洲人嗎？」

「你以為我的農場跟你的一樣嗎？」約翰尼斯壓抑著怒氣反問。他的菸斗又開始冒煙，空氣中煙霧繚繞。「他們當然是原住民。我再問一次，我親愛的朋友：他們要睡在哪裡？」

亞伯罕意識到，他和約翰尼斯已經進入了教導猴子更多他所知道的的事情的階段。他接受了這個行為的徒勞，不然還能怎麼辦呢？他需要約翰幫忙。在他的莊園出售、資金轉移，和艾麗莎的書運回英格蘭，以及葛洛莉亞和伊莉莎白修女幫他偽造文件離開邊境之前，他需要一個藏身之處。簡而言之，就是在他在安排讓他和蒂朵得以活命的必要事務的這段時間。亞伯罕需要這個正在嘲諷他的男人，而這個嘲諷他的男人也深知這一點。

「約翰，僕人房不會小到多睡兩個人就引發災難。我女兒跟女僕睡，我跟男僕睡。」

「你似乎覺得你比我更了解我的財產。」約翰尼斯回道：「你對於我們的交情似乎太樂觀了。」

亞伯罕說：「請原諒，我不是有意無禮的。」

「我說這些不是故意想當個難搞的人。你知道這是給我添麻煩，伯罕。那女孩光是出現在這裡，就可能讓我失去投票權。你知道的……你一直都知道。」約翰尼斯刻意停頓一下，抽了一口菸斗——因為正如亞伯罕所知，他是個愛表演的人。他漫不經心地揮揮手。

「但是我想應該行得通。」

亞伯罕已經不只一次注意到，約翰尼斯說話時，口水會不自覺地流出，在說話停頓時還會不時咳嗽。空氣似乎不肯從他的肺裡出來，但他毫不在意自己的呼吸如此費力。他整體上是個不完美的人類典範。雖然比大多數人長得高，卻一點也不盛氣凌人。他的眼白總是夾雜血絲和淚水。他的藍色眼睛在那張英俊臉龐上的藍眼睛並不如應有的那樣引人注目。他的下半張臉也令人惋惜，或許可說是最令人惋惜的部位，既方正又厚重，並在薄而蒼白的嘴唇下方凹了下去。他一頭褐色頭髮的髮際線已經退到頭頂，鼻子幾乎與下巴一樣寬。

川斯瓦的歲月與酷熱在約翰尼斯身上留下了不少痕跡，更重要的是，他心中的苦澀和憤恨似乎也已經滿溢出來、滲入了他的皮膚，讓它泛紅，散發不自然的光澤。雖然不容易，但是亞伯罕認為自己應該同情這位老朋友。因為假如他做不到，他就得為自己在流放約翰尼斯到北方的過程中所扮演的角色而懺悔。

儘管他們的母國都曾在非洲追求利益，南非的歐洲移民後代卻不信任彼此。以最近一次來說，他們之間的仇恨因為第二次布爾戰爭而加劇。雙方都展現出激烈的愛國主義，在戰爭導致死傷慘重之後，約翰尼斯認為應該進一步展現對民族的忠誠，身為荷蘭人的後裔，他選擇離開英國統治的好望角，遷移到布爾人主導的川斯瓦。他為這些事情付出不少努力。從這一點來說，有點諷刺的是，他和艾麗莎很像。他們都認為愛國是一件深刻且攸關個人的事，而且是一個人存在的必要因素。

亞伯罕和約翰尼斯的友情就是因此劃下句點，雖然從名字來看他彷彿心繫荷蘭，但亞伯罕並沒有捨棄自己身為英國人的一部分。約翰尼斯將之視為對他的輕視。而亞伯罕愛上艾麗莎更是火上添油，畢竟她既是黑人又是英國人。如果一定要選，約翰尼斯可能會原諒其中一項越界行為，但是不可能三個都原諒。

約翰尼斯站起身來，走向窗戶。他將左手插進長褲口袋，看著窗外，一邊用菸斗輕敲玻璃。即使站在陰影中，這位曾經的好友看起來仍然一點也不優雅。他和這間裝潢高雅的圖書室毫不相配，彷彿他也是個尋覓落腳之處的旅人。

「實在很有意思，是不是？」約翰尼斯問道：「大約十年前，你站在這間房間裡，毫不留情地背棄我，讓我覺得想拯救你實在太愚蠢。而你今天又坐在這裡，指望我助你一臂之力。」他轉身背對窗戶，面向這個他嘲諷的男人。提燈的光線以糟糕的角度照在他臉上，讓他眼中的淚水看起來比平常更閃亮。「別把我當作那種會在敵人墳上跳舞的人。」他繼續說：「但是現在時局詭譎，我不能讓別人說我跟原住民亂搞，還生下黑白混血的小孩。我不會玷汙自己的名聲，伯罕。你知道這種流言蜚語會怎樣毀掉一個人。那些傳言就毀了你，不是嗎？」

亞伯罕又握緊了雙手，他刻意放輕聲音，以免讓對方察覺從內心竄升的怒氣。他說：「你忘了，我沒有亂搞，我也不以我的女兒為恥。」

他從椅子上起身，走向窗戶。他想與約翰尼斯面對面，但是他發現自己還是寧可看著窗外的景色。在黑暗中，只有從白天吹來的風打擾著寧靜。他想像這陣風是從某位看不見的神的菸斗中裊裊升起，盤旋，在神和祂對手的話語之間舞動，接著消失無蹤，徒留話語和黑暗。

這是個平凡無奇的夏日傍晚，蟋蟀高亢地鳴叫，還有其他振翅飛竄、不斷碰撞窗戶，拚命想飛向提燈的黯淡光線的昆蟲，訴說著時間的逝去。幾隻鑽過窗框縫隙的蟲在燈光周圍盤旋，接著猛然撲向火光，迎接死亡，在玻璃燈罩上留下一塊塊陰影，讓光線變得黯淡。

「我無路可走了，約翰。」亞伯罕說道，小心翼翼地不直視他的對手。「你愛過我，你也知道我愛過你。我這次不是帶著驕傲前來，或是……或是……我無處可去了，約翰。我們只會在這裡待一陣子，只待一陣子。這段時間內，拜託你別恨我的女兒。拜託你別讓她感受到……她聰明又勇敢，但是她受傷了，無家可歸，她是我的掌上明珠。這是我這輩子最後一次求你，然後我們就會離開，不再打擾你。拜託。」

約翰尼斯忍不住連聲咳嗽，咳完之後，他重重嘆了口氣，走向書桌搖了搖鈴。搖完第三下後隔了幾分鐘，一個膚色黝黑的非洲老婦人走進書房，站在門邊。亞伯罕判斷她跟自己差不多高，以南非女性而言十分罕見。

她看起來很削瘦，因為她的裙子鬆垮垮地掛在身上，而且她太高了，這種服飾一般是為身材較矮的女性縫製的，她們的臀部因為生子、年紀或好吃而變寬。她看起來彷彿下一秒就要露出笑容，但最終並沒有笑。她斜眼瞥了約翰尼斯一眼，點了點頭，表示她明白了。

「約瑟芬娜，凡澤爾先生和那個女孩要在這裡住一兩個星期。」約翰尼斯用阿非利加語說道：「在東側小屋準備兩間房間。」

約瑟芬娜點點頭，離開房間。

約翰尼斯將目光轉回亞伯罕身上。「我們的談話該結束了。」他又恢復英語說道：「很晚了，我得睡覺。你可以在這裡等約瑟芬娜把房間準備好，希望你享受我善意的招待，晚安，伯罕。」

「晚安，約翰。」亞伯罕說道：「還有，謝謝你。」

「好、好。」約翰尼斯隨口回答。

亞伯罕坐回椅子上，看著蟲子繼續徒勞無功地追逐亮光，牠們懷抱著希望，即使其他蟲子都與勝利擦身而過，牠們仍然確信自己能夠成功。他露出悲傷的微笑，然後沮喪地搖搖頭。

時間不早了，那熟悉的黎明前的寒冷時光即將到來。

羅德西亞的夜空

蒂朵知道，這個有著褐色頭髮和藍色眼睛的大個子並不歡迎她來到他家。約瑟芬娜小姐稱他為堯伯特老爺；她父親說他是個老朋友，會幫助他們進入羅德西亞。蒂朵自己則還沒決定要如何稱呼他。

她父親要她拿出最乖巧有禮的表現，所以，儘管她坐在一張硬梆梆的椅子上，屋子裡還涼颼颼的，她也沒有抱怨。一次都沒有。她也很想念自己的日記，但是日記本在行李箱的最底層。她對此隻字未提，因為這可能會惹惱約瑟芬娜小姐。她將約瑟芬娜小姐給她的柳橙汁全部喝光，同樣沒有一句怨言。「很好喝。」她說。

約瑟芬娜小姐點點頭，咧開沒有牙齒的嘴巴露出微笑。「吃吧。」她說，一邊指著蒂朵盤子上的水煮雞肉。

蒂朵搖搖頭。「我不吃肉。」她說：「謝謝你。」她面帶笑容補上一句，希望自己看起來很抱歉。

有一次她跟著父親和尤利叔叔去打獵，尤利叔叔其實不是她的親叔叔，只是他很喜歡從川斯瓦過來拜訪他們，他解釋那是因為開普敦冬天的雨水讓他想起列寧格勒（他還是稱其為聖彼得堡）。父親曾抱怨尤利叔叔的槍法差強人意，而尤利叔叔有一次射中一頭伊蘭羚羊，羚羊卻沒有馬上死去，證實了這一點。

羚羊一邊流血，一邊發出令人毛骨悚然的叫聲，那聲音聽起來像極了哭嚎。在她父親一槍射穿羚羊的兩眼中間，了結牠的性命之前，牠直勾勾地盯著蒂朵，彷彿求她救牠一命。當父親抱住她，一邊斥責尤利叔叔時，蒂朵忍不住哭了。她不是故意要哭的。儘管她當時只有七歲，她也瞭解父親帶女兒去打獵是一件慷慨大方的事。父親把她當成男孩子一般教她，這讓她很自豪。但是她最後哭了，從那天起她就再也吃不下伊蘭羚羊的肉，也吃不下任何一種肉了。

她不確定要怎麼向約瑟芬娜小姐交代來龍去脈，畢竟她們幾個小時前才剛認識。所以她只好說：「抱歉。」

約瑟芬娜小姐「哦」了一聲。「蔬菜呢？」

蒂朵點點頭。約瑟芬娜走向烤箱，如約裝了一整盤食物。「紅蘿蔔和馬鈴薯。」約瑟芬娜說，將盤子放在桌上。

「我會說阿非利加語。」蒂朵用阿非利加語說。「不過只會一點。」她又用英語補充了一句。「我父親比較喜歡說英語，而我母親從來都不喜歡阿非利加語。但是保母教了我一點點……一點點，不過我聽得懂。」

約瑟芬娜小姐問道：「妳會說其他語言——我們族人的語言嗎？」

蒂朵對這類問題早已習以為常，她遇到的所有人，幾乎都會假設她是非洲人，而且只是非洲人。從沒有人問過那個像父親般疼愛她的人是否就她的父親。她知道這是因為她的外表。她的膚色比父親深，眼睛則和母親一樣是褐色的。儘管她的頭髮長，又不是那麼捲，她發現人們還是會假設，這是因為她遭遇某種難以啟齒、不為人知的悲劇。

他們常常友善地跟她打招呼，但是發現她的族語說得不好之後，就會立刻恢復百依百順的樣子。她不太理解，但她猜測他們是察覺到她高高在上的氣質。這種事一旦發生，他們就很難交朋友了。「不會。」她對約瑟芬娜小姐說道：「我不會。」

令蒂朵詫異的是，她眼前的女人並沒有露出絲毫失望的神情，反而咧開沒有牙齒的嘴笑了一下，用流利的阿非利加語說道：「我會教你，這樣一來，你住下來的這段時間我們就有事可做了。」她接著似乎對自己說的話產生懷疑，便搖了搖頭。「妳父親會同意嗎？」

蒂朵不知道，不過她認為給個回答應該無傷大雅。「應該吧，妳說什麼語言？」

「塞索托語，北方的語言。我們的部落很小，我是巴洛貝都人。」

「真奇妙，葛洛莉亞保母也說這個語言。我沒見過其他說這個語言的人，而現在我認識妳和葛洛莉亞保母了。」

「確實很有意思。」約瑟芬娜小姐表示認同。

牆上的鈴鐺響起，約瑟芬娜立刻起身。「堯伯特老爺找我。」她說道：「你得吃東西。」她指著食物。

「謝謝妳。」蒂朵說，約瑟芬娜點點頭，離開廚房。

為了平息這突如其來的寂寞，蒂朵開始回想羅德西亞的夜空中能看到的所有星星。她父親也同意，那邊的星空可能會與開普敦不一樣，畢竟開普敦在非洲的最南端。她只要找到獵戶座，就能輕易找到其他星座。到年底之前，她的日記本就會寫滿內容。而等日記寫完的時候，她和父親或許已經抵達了更北的地方，看得見北極星的北方。她希望北極星就像課本上形容的那樣明亮，可以幫助人們。他們能夠追隨北極星，永遠都不怕迷路。

父親彷彿受到她的思緒召喚般走進廚房。「嗨，蒂朵。」他說：「妳願意分我一點好吃的嗎？」

「當然。」她回答：「約瑟芬娜小姐給了我最愛吃的東西。」她露出微笑，因為她發現父親看起來很憂傷，她知道只要自己笑了，父親就會跟著笑。

他坐在她身旁，將裝雞肉的盤子拉到面前。「我有好消息。」他說：「我們可以在這裡待一陣子。」

「那我可以學習約瑟芬娜小姐的語言嗎？」蒂朵說：「她不介意教我，是她提議的。學會她的語言就會感覺葛洛莉亞保母在我們身邊，而且我很想學，爸爸……」

「當然可以，寶貝。」她父親說：「不過妳得說慢一點，妳說的話我幾乎一半都沒聽懂。」他笑了起來。

她也露出微笑。「謝謝，可以的話我會教你的，這一定會很好玩！」

她父親笑得更開懷了。「一定很有意思。」接著他臉上閃過困惑的神情。「妳說她跟葛洛莉亞保母說一樣的語言？」

「對呀，不覺得很奇妙嗎？你和你的老朋友都跟同一族的女人交朋友。」

「的確。」他說：「的確。」雖然他點著頭，看起來卻對這個巧合感到擔憂。

蒂朵問：「我們會在這裡待多久？」

她父親吞下嘴裡咀嚼的食物，柔聲說道：「我還沒決定。」他切了另一塊雞肉咀嚼吞下。「我想請妳幫一個大忙，蒂朵。妳知道我們要盡可能小心行事，對吧？」

蒂朵點點頭，一抹熟悉的憂傷閃過她父親的臉。「不能讓任何人知道妳是我女兒。」他說：「記不記得我跟妳說過，我們可能會被迫分開的事？」蒂朵再次點頭，她父親繼續說道：「那些人正在尋找一個白人男子和他年幼的女兒，我知道這可能行不通，但是如果妳看起來像個男孩，或許比較好。或者讓妳至少看起來不像……」他嚥下一口食物。他沒有把話說完。

蒂朵明白他的意思，在火車上的時候，她不是父親的女兒。但是他還是覺得自己必須說清楚：「妳知道這是為了妳的安全，對吧？」蒂朵再次點了點頭。「還有一件事，我的小天使。」他嚴肅地補充道，用另一隻手環住她的肩膀，「我們得剃掉妳的頭髮……」

「不，爸爸，拜託不要。」她哀求。

她父親嘆了一口氣，彷彿被她看不見的敵人打敗了。「我們不得不這樣，蒂朵。」他說：「在開普敦的時候，葛洛莉亞、法魯克和其他人都會保護妳。但是在這裡只有我一個人，這裡沒有人會聽我的話，妳懂嗎？」

「全部都要剪掉嗎？」

「會長回來的，寶貝。」

一如既往，蒂朵不是故意要哭，只是父親不明白她的頭髮有多重要。他有綠色的眼睛、白皮膚，人們看到他就知道他是誰。但是她不一樣。「要花上很久才能長回來。」她說。

「妳下次生日之前就會全部長回來了。」

他看起來很疲憊，雖然他不明白她堅持留下一部分頭髮的原因，蒂朵還是下定決心，她不要自己成為父親的另一個包袱。「你保證嗎？」她問。

她父親猶豫了一下，最後將餐具放在桌上，將手臂從她肩上移開，握住她的雙手。「我保證。」他說。

淚水更猛烈地從她眼中湧出，鹹澀地侵蝕著她的臉，讓她感到痛苦，連呼吸都困難起來。不論她父親能做到什麼，他都不可能像他承諾的那樣，讓她的頭髮迅速長回來。所以她靠在他的胸口，撕心裂肺地哭著。

漂泊者

約翰尼斯饒富興味地看著女孩，她像個無聊的孩子那樣，以一種隨意的興致瀏覽著他書架上的書，迅速地從這個書架跳到另一個書架，動作靈巧，彷彿她在挑戰自己，要在一定時間內檢查完每一本書的書名。

「找到喜歡的書了嗎？」他開口，她從忘我的狀態中回過神來。她轉身面向他，看上去果然如他所料的一臉驚恐，似乎想馬上拔腿逃走。

「這些書從我祖父開始收藏，我父母接手，我也加了自己挑選的藏書。」他說：「我敢說，如果我祖父看到近年來增加的這些小說，一定會驚訝無比。」

他朝窗邊的扶手椅緩緩踱步。這樣一來，他只要坐下來並伸長雙腿，就能把她困在自己和書架之間。

「他不算是很有想像力的人。」他繼續說：「他喜歡歷史作品——我的祖父。他老說自己很珍愛藏書，但是我母親有一次坦承，她很懷疑他到底看不看得懂，她甚至懷疑他根本不識字。」女孩發現自己被困住了，移動著想走出去。「妳識字嗎？」他問道。

「父親給過我一本《格林童話》當生日禮物。」她回答。約翰尼斯注意到她說話的時候，每個字都像是一個長單字的音節，使她說的每個句子都流暢地緊緊相連，完全不會中斷。她的聲音很小，顫抖個不停。如果在其他情況下，要是他沒有因為她膽敢闖入這神聖的地方而感到惱火，他可能會讚美她那完美的英式腔調，連她父親都無法媲美。她一定是從她母親那裡學來的。

「我祖父憎恨德國人。」他說：「也憎恨他們留下來的所有東西，而我繼承了他的偏見。」他仔細端詳女孩的臉，試著找出除了金褐色的皮膚和棕色的眼睛之外，是否還有更多她母親的影子。但是僅此而已。這個女孩完完全全是伯罕的女兒。

她遺傳了他又大又圓的眼睛和明顯的尖鼻子，她的嘴巴很寬，但是在她心型的臉上看起來並不顯得太大。她的額頭也和伯罕一樣寬闊。如果她也遺傳了那雙綠色的眼睛，看起來儼然就是年輕許多、膚色較深的伯罕。她剃光頭髮後，兩個人看起來又更像了。

「但是我必須承認，雖然我不喜歡那些人，我還是很好奇，他們的文學作品是否比他們釀的酒更出色。」他繼續說道：「是嗎？」

「我沒喝過他們釀的酒。」女孩一邊說，一邊往書櫃的方向後退。

「我也不認為妳喝過。妳怎麼進來的？」

她似乎正在腦中構思一套說詞，或者至少在試著這麼做，但沒成功，最後她說出了他早在詢問之前就已經知道的真相。其實算是半個真相。「我在幫忙約瑟芬娜小姐打掃，我想她可能只是忘了我在這裡……」他挑起眉毛打斷了她，要她至少再更有創意一點。「約瑟芬娜小姐不知道我在這裡。」她繼續說：「我不是故意要給她添麻煩的。」

「妳知道妳讓我想起誰嗎？」女孩默不作聲。

「菲德烈克．寇特尼．瑟路。妳知道他嗎？」

「那個獵人嗎？」她興奮地說道：「他寫過……」

「我一直都不喜歡他。」他打斷了她。

她「噢」了一聲，顯然有點難過。

「妳不想知道為什麼我會想到他嗎？」

她考慮了一下，額頭皺在一起，眼神在房間裡四處游移，看看地板又看看天花板，尋找她知道並不存在的答案。「我想這不會有什麼差別吧。」她最終說道，「會嗎？」

「妳的腳步輕巧，動作敏捷，我想像中的獵人就是這個樣子。還有妳的眼睛。」他又望向她的雙目，思索那褐色的光彩究竟是可愛還是令人反感。「我不相信妳的眼睛。」

她「噢」了一聲，似乎馬上就要哭出來了。

「妳也讓我想到妳父親。妳看起來太像他，太像個男孩了。」他說道。「一定是因為頭髮。」他自言自語。

女孩露出遲疑的微笑，似乎從他的話中感到一絲愉悅。她似乎完全沒意識到他其實是想羞辱她。接著她想起自己出現在不該出現的地方，而且被抓個正著，笑容又消失了。

「我對瑟路只有一點不滿。」約翰尼斯說道：「就一件事。這件事我想了很久，我因此對所有像他和妳父親一樣的人都感到不滿。妳猜得到是什麼嗎？」

她那金褐色的腦袋瓜似乎沒有在運轉。或許是他對她父親的侮辱惹惱她了。他發現自己的好奇更勝惱怒的心情，他繼續問：「妳喜歡打獵嗎？小姑娘？」

「誰不喜歡？」她咕噥著說。

看到一個小女孩這樣崇拜打獵，將獵人視為偶像，約翰尼斯感到好笑。即使身為男人，他也無法欣賞開槍的魅力，還有歡欣鼓舞慶祝動物流血至死的行為。

他很好奇，如果他透露出自己對肉的厭惡，她會怎麼想。然而他立刻打消了這個念頭。和一個孩子分享自己的怪癖有什麼意義呢？「我想這不重要。」他大聲總結道。

「你覺得恨一個人的原因不重要？」她問，接著馬上用手摀住嘴巴。

「為什麼重要？」

「這個嘛，葛洛莉亞保母曾經問我為什麼喜歡檸檬，卻不喜歡柳橙。她說：『這兩種東西幾乎一樣。』它們不一樣。但是我無法解釋，我想她可能覺得我很奇怪……」她的聲音越來越小，或許是後悔透露了太多關於自己的事情。

「妳從來沒有想清楚過？」他問。女孩用右腳踩著左腳，雙手握在背後，用扭曲的表情望著天花板。她鬆開手，以細微的動作彈著手指，似乎在計算自己話語的分量。

「這個嘛，」她開口說：「一定是因為柳橙是甜的，我似乎沒喜歡過甜食。喜歡甜食和柳橙汁的是艾蜜莉亞……」她的兩隻手又握了起來，不好意思地看著地板，兩隻腳不斷交換位置。

「那看起來不像是很難的抉擇。」

「但是……但是……那不重要。」

「為什麼？」他柔聲問道。

「大家都喜歡柳橙。」她說得斬釘截鐵，彷彿說的是天空的顏色，或是太陽的光彩——彷彿他因為太愚蠢才沒發現這件事。

「而妳覺得自己與眾不同？」

「我知道你覺得我幼稚，但是你大可不必嘲笑我。」

「我沒有嘲笑妳。我為什麼要嘲笑妳？」

「我母親不能理解……應該吧。」她的音量再次變小且顫抖起來。「總之，你為什麼討厭瑟路？」她問道，聲音提高了八度，目光直直盯著他，找尋他可能不會告訴她的答案。

「我以為大家都喜歡他。」

「那是因為妳是妳父親的女兒，而妳父親無庸置疑是個英國人。」他說。女孩似乎聽不懂，所以他說得更仔細一點：「妳知道非洲最大的寶藏是什麼嗎？」他問道，暗自希望她給出一個膚淺的答案，他就能夠嘲笑她。

「所有東西。」她宣布自己的答案，傻傻地咧嘴笑著，幾乎要雀躍地跳起來。驕傲，他想著，她在那一刻感受到驕傲。「我認為所有東西都是，但是媽媽說我太年輕了，不懂這個世界運作的方式。我告訴父親這個答案時，他微笑著揉揉我的頭髮。」她看起來有些難過，接下來她顯然意識到沉默才是智者，所以她又開始盯著地板，將雙手背到身後握緊。

「我很樂意告訴妳，妳母親錯了，就像她對其他事情的看法一樣。」

「您認識我母親？」

「對，雖然時間不長。」

「她不喜歡瑟路，跟你一樣。每次都是我父親聊到瑟路的事情，但是他現在也不提了，你知道為什麼嗎？」

「我不能假裝自己瞭解妳父親的特立獨行。」約翰尼斯說道：「但妳要明白，像他這樣的人只有一個目標，就是打造新歐洲，換句話說，就是一個遠離家園的家園。我承認這目標很崇高，但是常常執行得糟透了，因為像妳父親這樣的人認為，他們可以恣意混雜兩個相互衝突的世界原則。

「我也同意，比較低等的種族是可以提升的，但是這個過程需要受到密切監督。忽視這些規則，只會創造出比原本地位高一點的次等種族，那些人可能會群起反抗解放他們的人。這個剛學會識字和剛文明化的種族會失控，而且可能會嚮往最好別讓他們擁有的自由。告訴我，小姑娘，世界上要兩個歐洲做什麼？一個失去了與眾不同特質的非洲又有何用？」

一如約翰尼斯所料，女孩並沒有回答。她看起來既茫然又惶惑不安。他試著繼續說：「我把妳的小腦袋搞糊塗了是吧？嗯……這樣說吧，我曾經造訪北方的一個村莊，在那裡遇到了一位一百零二歲的男人，或者是一百零二歲上下，沒人知道他真正的年齡。他的族人用重大的災難和喜事，用乾旱和洪水，用豐收來紀年。

「他只知道自己出生的時候，是一場持續八個夏天的大乾旱的頭一年，人們因此稱呼他為智者。或許他真的是智者。畢竟他是一位酋長，而酋長和女王都會因為某種命運的安排而成為智者。所以我也將他的話視為一種神聖的智慧。」他停頓了一下，希望自己此時有菸斗在手，他問：「妳知道他跟我說了什麼嗎？」

女孩搖搖頭，至少她還有所反應。約翰尼斯怕自己這番漫無邊際的長篇大論言論已經讓她麻痺了。「是這樣的。」他清清喉嚨：「酋長告訴我他的獨生女被綁架的事。那是一個冬天下雨年分。綁架犯來自一個由巫女統治的村莊，因為她能夠命令上天降雨給她的人民，所以人們稱她為雨族女王。她的母親、她母親的母親，還有她家族世世代代的女性，都獲得那片土地的神靈恩賜，天生擁有這種魔法。」

他又停頓下來清了清喉嚨。女孩向前傾身，將右耳轉向約翰尼斯。他猜測這是為了牢牢抓住每個想逃過她的好奇心的字詞。奇妙的是，他竟然為此感到愉快。

「女王的人民不知道什麼是乾旱和飢荒。」他繼續說道：「但是她有個天大的祕密。」約翰尼斯想像著女孩聽見這句話時加快的心跳，他露出微笑。「女王沒有孩子，一個預兆告訴女王她的血脈即將斷絕。但是有一個女孩，只要她受到神靈的指點，就能成為新的祈雨者。妳還跟得上嗎？小姑娘？」

女孩用力點頭。

「很好。看見預兆後，女王召集手下最強壯的戰士，對他們施展魔法。戰士不會被任何活人跟蹤，他們的足跡會被雨水洗去。他們開口說話時就會打雷，使別人聽不見他們的聲音。刺眼的光會照在他們臉上，讓別人看不清他們的臉。他們行走的時候會躲藏在……」

「他們的王國在巴索托地區嗎？」女孩詢問。

這下換約翰尼斯感到好奇了。「如果妳已經知道這個故事，我就不浪費時間了。」他說。

「抱歉。我只是在回想，不知道巴洛貝都部落是不是雨族女王統治的。約瑟芬娜小姐教過我。」

「沒錯。我可以繼續說了嗎？」

女孩有些遲疑地點頭。

「女王的戰士綁架了那位酋長的女兒。」約翰尼斯說道：「他告訴我這個故事時，距離他最後一次看到女兒已經過去大約三十年了。他從傳聞和愛嚼舌根的婦女們那裡得知，他女兒有很多妻子，她自己生養了許多兒女，孩子們個個勇敢又漂亮。那些傳言都說，酋長的女兒是睿智的祈雨者。

「酋長雙手握著立於他雙腿之間的拐杖，他告訴我，他祖父時代的先知預見到他的後代會有偉大的成就，會成為所有追隨者傳唱的歌曲，永遠活在喜好閒談的婦女的口中。他說這番話時是驕傲的，妳明白嗎?他很滿足，一點也不擔心失蹤的家人。妳聽進去了嗎？」

女孩再次點頭。

「酋長告訴我他女兒的統治很有成效。他說：『先生啊，她土地上的牛隻壯碩，她的草原也所有山谷中最翠綠的。』他露出微笑，一邊說一邊點頭，消瘦無力的手抓著拐杖敲擊地面。

「我問，那她為什麼沒有為父親的土地祈雨？因為酋長的人民當時已經飽受乾旱折磨四年左右了。」約翰尼斯突然大聲笑了起來，但是笑聲絲毫沒有開心之情。「妳知道他說了什麼嗎？」他追問，希望女孩給出與酋長一樣的回答。如果她說出口了，那就表示他所見的瘋狂還帶有一點道理。

但女孩只是搖了搖頭——儘管她看起來和他一樣失望。

「他對我說。」他又停下來，希望她會頓悟而說出答案，但她沒有開口。他繼續說道：「他對我說：『神的恩賜無法隨著她到這裡來，而且一旦遠離她也無法存在。所以我們才會身處這天賜的泥淖之中。』然後他笑了，又咳了起來，回到自己的茅草屋，因為他知道自己大限將至。妳現在懂了嗎？」

女孩若有所悟地點點頭，似乎認為酋長的回應十分有道理。她張開嘴，但是顯然意識到自己的想法或許不夠有洞見。「那就是你恨瑟路和我父親的原因？」她終於開口問道。

「我不恨妳父親，他是我認識最久的朋友。」

「但是你說……」

「妳誤會了。妳太年輕了，不會懂的。真是浪費時間。」

「但是我也很聰明，我分得出南十字星和南天假十字星。我知道月亮上所有的海洋，還有木星所有的伽利略衛星……」

「是、是。」他揮著手說道：「顯然還知道許多獵人的名字，那只是凸顯了妳的無知。我不是故意要嘲笑妳……」

「我沒哭。」

「我沒說妳哭了。」時間一分一秒過去，他發現自己對菸斗的需求越來越強烈，所以說起話也越發急促起來。也許她的眼淚會縮回去，好讓他覺得自在一點。他說：「我不覺得瑟路和妳父親能理解酋長的故事，妳知道為什麼嗎？」

「不知道。」她搖搖頭，似乎想迴避他和他的大道理。

「別這樣，妳不試著回答就不好玩了，小姑娘。」

「要我猜的話……」她先看看天花板，又看看地板，最後看向他，又把手握了起來。

「我會說你不是普通人。我是說，我認為……你甚至不喜歡瑟路，他可是有史以來最勇敢的獵人。他殺了幾十頭、幾十頭獅子、水牛和犀牛。從來沒有人像他一樣……」

「從來都不該有人像他一樣！」他大吼，女孩嚇得往後退。他一直表現得很平靜，但是遇到這種事的時候，約翰尼斯往往無法保持禮貌。至少他試過了。他想著，如果他能夠教導這個黑白混血女孩什麼事情，那就是瑟路這種無賴不應該受到推崇。

他試著說服她：「妳想想，這些人因為某個無聊的神開的玩笑，運氣好成了白人……這些人認為擦亮步槍、射殺幾十隻獅子一點問題也沒有。但這是為了什麼？為了讓他們把獅子的鬃毛帶回英格蘭，或者把水牛角放在私人圖書室裡展示？如果這個獵人的老朋友看到牆上的水牛角，還有獅子的鬃毛，他會怎麼想？

「這個朋友也會覺得勇氣十足。他會領光帳戶裡的錢、搭上船，在沒人來得及提醒他小心獅子和水牛之前，這個新獵人就會來到莽原上。只要多了一個新獵人，就會多一頭死獅子，永無止境。他們只會從我們這片野生土地上奪取——凡是他們所見的奇特事物，他們都能從我們的平原上奪走，不會受到半點懲罰。

「然後他們揚長而去。但是我們，這片我們深愛的土地的子民，被留下來面對想復仇的憤怒生物——記憶力極佳的大象尋找被屠殺的小象；數量銳減的犀牛害怕自己的同胞；神出鬼沒的花豹越來越不信任我們。妳懂我的意思嗎？小姑娘？」

「應該不懂。」她喃喃說道，幾乎要哭出來。她現在看起來真的嚇壞了。

「那我就要說清楚講明白。我要告訴妳，我們將自己的寶藏雙手奉給了他們，他們。」

他伸手摸索抽屜裡的菸斗。這東西實在很難戒掉，菸草讓他咳個不停，眼睛常常感到刺痛，但是一小時不抽菸斗，渴望之火就會燒上他的胸口，雙手只想撫摸那熟悉的光滑木頭。

約瑟芬娜已經幫他裝好菸草，他找到一盒火柴，劃亮一根，點燃菸草。第一口菸總是最銷魂的。他深吸一口氣，讓菸充滿他的肺。心滿意足後緩緩吐菸，細細享受這分滋味，他微微閉了一下眼，品賞這簡單的東西所蘊含的美。「我們非洲人天生逆來順受。」他說道，因為快樂太過短暫而沮喪地磨著牙。「成為懦夫和膽小鬼再容易不過了。」

「但您是布爾人——歐洲人。」她提醒他：「您不能同時當非洲人。」

他大笑起來，噴出更多菸。「是誰奪走了我的非洲人身分？妳母親是黑人，她卻自居為英格蘭人。妳覺得她會……」

「妳在這裡呀！蒂朵！」伯罕說，他走進房，看起來鬆了一口氣。

女孩立刻從書架前衝過去，想都沒想便跳過約翰尼斯的腿，奔向她的父親。她衝進他懷裡，雙手環抱他的脖子。

伯罕露出微笑。「約瑟芬娜說她很確定妳和其他孩子去河邊了。」他說：「結果妳在這裡。」

女孩盯著地板看，因為父親戳破了她的謊言。

約翰尼斯說道：「她覺得我的圖書室更有意思。」

「如果她惹了麻煩，我很抱歉，約翰。」亞伯罕說道：「我告訴過她不能進來。」

「這是你犯的第一個錯。」約翰尼斯說：「你禁止她做這件事，所以她當然必須去做。」他們大笑起來。就連在她父親懷中蜷縮得像隻小老鼠的女孩也咯咯笑了起來。約翰尼斯問道：「你要帶她去河邊嗎？」

「她必須趕上課程進度。我們離開你的圖書室後，就會開始進行那些被她嫌無聊的科目。約翰，我為她惹的麻煩道歉，我真的很抱歉。」伯罕說，露出憂傷的神情，約翰尼斯心中感到一股不安。

幸好女孩及時將他們從越來越不自在的處境中解救出來，她問約翰尼斯：「你還知道更多關於雨族人的故事嗎？」

他回答：「還有一百萬個。」伯罕很快轉身，似乎急著想帶女孩離開約翰尼斯的視線。已經夠了，他想；跟女孩沒意義地閒聊，確實足以帶來幾分鐘的愉快，但是還有更多方式值得用來消磨午後時光。

女孩遲疑著揮揮手跟約翰尼斯道別，隨後咧嘴一笑，開心地與父親說起話來。她說話的方式，約翰尼斯想著，大概就是她的天性——每一句話都像一個長長的單字，彷彿沒有一個字是獨立存在的。

約翰尼斯關上門，把她的聲音和笑聲隔絕在外。他皺起眉頭，因為他忘了問女孩是誰剃了她的頭髮。但是，唉呀，她已經走了。他吸了口菸斗，緩緩吐出，任由煙霧、種種疑問和孤獨的空氣將他緊緊擁抱。

旅行者

約瑟芬娜小姐說北方的部落是日族人，他們以太陽判斷時間、播種，利用夏季和其他與太陽有關的事物紀年。

蒂朵問她：「妳去過南方嗎？」

「沒有。」約瑟芬娜小姐輕笑了幾聲：「但是我丈夫跟堯伯特老爺去過好幾次，他會在那裡買一些好東西，我是說我丈夫。」

「哦，堯伯特先生去過嗎？」

「對，他來自那裡，他是南方人。」約瑟芬娜小姐微笑說道。「老爺是個旅行者。」

「所以他才會遇見酋長嗎？」

「酋長？」

「他說他往北方去，遇見一位酋長，他的女兒被雨族人偷走了。」

「朱利耶斯……我丈夫沒提過什麼酋長。」約瑟芬娜小姐說道。她繞著堯伯特先生的床走了一圈，俐落地將床單塞好。她接著將手放在臀部上稍事休息。「也許真的有一位酋長，老爺見到他了。」

「朱利耶斯先生會知道的，對吧？」

約瑟芬娜小姐大笑起來，直到被一聲小小的咳嗽打斷。「可能吧，他可能會知道，我丈夫知道很多事情，但他不會說出來。」

蒂朵不確定自己有沒有聽懂，但她還是露出微笑，聳聳肩，以免約瑟芬娜小姐以為她對朱利耶斯先生的保密不覺得有趣。

「請把枕頭遞給我。」約瑟芬娜小姐說道。

蒂朵照做了。「堯伯特先生跟妳說過酋長的故事嗎？」

「老爺說過很多故事，但是我老了，有時候記不得全部。」她專心擺放著枕頭，一邊漫不經心地說。「來吧，這裡弄完了。現在要打包你的東西。」

蒂朵跟在約瑟芬娜小姐身後。她不時左顧右盼，回頭察看，確保沒有人看到她離開堯伯特先生的房間。自從上次在圖書室和堯伯特先生碰面之後，她就總是避開那個令她膽怯的人和他的斥責。

「妳覺得羅德西亞會有我這樣的人嗎？」她問約瑟芬娜小姐，小心翼翼地不讓自己的聲音太大。

約瑟芬娜小姐沒有馬上回答，她把每一扇門打開又關上，穩步前行，接著又打開和關上另一扇門，直到兩人抵達蒂朵和她父親的房間。正當蒂朵以為已經無望聽到回答時，約瑟芬娜小姐嘆了口氣。「一個我認識的人去了烏干達，他答應會回來告訴我他的冒險故事。但是時間有限，我不相信他已經完成了那些冒險。」

「他跟我一樣是黑人也是白人嗎？」

「他是印度人。」

「噢。」蒂朵說，一股失望席捲而來。「他什麼時候出發的？」

約瑟芬娜小姐又嘆了一口氣。「那是很久以前的事。」她說：「我的牙齒都還在的時候。」

「那個人也有女兒嗎？」

「他沒有。但是他跟妳父親一樣，也是個逃離過往的逃犯。」蒂朵不確定自己是否聽懂了這句話，但她還是點點頭。

「我想堯伯特老爺知道的比我更多。」約瑟芬娜小姐說：「妳必須問他。」

「不了，謝謝。」蒂朵喃喃自語。「他的妻子呢？他有妻子嗎？」

約瑟芬娜手上提著蒂朵的行李箱，差點砸到自己的腳，但她靠在衣櫃上穩住了自己，緩慢地將行李箱抬到床上。「妳真差勁，小女孩。」她微笑著說：「妳怎麼讓老婦人做這種粗活。」蒂朵注意到約瑟芬娜略顯焦慮的神情。

「我父親有個妻子。」蒂朵說道：「就是我母親，但是她在四月過世了。我想她很愛我……我有時候會想起她。」蒂朵知道自己隨時會哭出來。她聳聳肩說道：「我現在只有父親……我想他偶爾也會想她。」

約瑟芬娜小姐抱住她，有那麼一瞬間，蒂朵還以為自己身在葛洛莉亞保母懷中，而母親揹著艾蜜莉亞在一旁飛翔，她妹妹開懷大笑。

「我那個去烏干達的朋友知道很多事情。」約瑟芬娜小姐說：「他或許去過那個酋長的家。」

「也許吧。」蒂朵喃喃說道。

「妳知道嗎，我母親是恩嘎卡——也就是傳統治療師。她知道很多事情，甚至是那些未知的、許多年以前、以後的，以及不屬於這個世界的事情。她的天賦非常強大，但是我沒有。我想念她，很多人都想念她，但我猜他們更想念她的天賦。」

「她跟葛洛莉亞保母和雨族女王一樣會魔法嗎？」

約瑟芬娜小姐大笑起來。「我們不把那個叫做魔法。」

「噢。」

約瑟芬娜小姐把行李箱放在床墊上，拿出箱子裡的所有東西，接著示意蒂朵爬到床上來。「堯伯特老爺告訴我，妳的新衣服會送過來。但就算是太陽也不總是可靠。如果衣服沒有準時送來，妳得告訴我旅行時要穿什麼服裝，我必須收在最上面。」

蒂朵選了她最愛的洋裝，一件腰間有緞帶的黃色連身裙。她還有一件蘚苔綠和一件暗褐色的洋裝。那兩件她也喜歡，但還是最喜歡黃色那件。艾蜜莉亞也有一件類似的，只要有機會就穿，她總是央求求葛洛莉亞保母讓她穿。

「我喜歡這個顏色。」約瑟芬娜小姐說：「但是他們說妳必須選男孩的服裝。」

「我知道，這是為了以防萬一。我有相配的襪子。」蒂朵說道。她在衣物堆中翻找著。

「我妹妹也有一樣的。妳有姊妹嗎？約瑟芬娜小姐？」

「我是母親唯一的孩子。」

「妳母親不能施展魔法……我是說，她是個巫醫，難道她不能為妳做個兄弟姊妹嗎？」

「恩嘎卡跟女巫不一樣，也跟魔法不一樣。」

「原來如此，那妳為什麼不能當恩嘎卡？如果那不是魔法的話，妳難道不能自己選擇要當嗎？」

「因為我的祖先沒有召喚我。」她說。她將蒂朵選中的洋裝和一條長褲放在一旁，走向衣櫃去拿熨斗。「我要去烤箱拿點餘燼來燙衣服，妳要一起來嗎？」

「那邊有火嗎？」

「我想火已經熄了，現在只有餘燼。」

「好。」蒂朵跳下床。「妳母親是怎麼過世的？」

「大概是因為那個讓她咳嗽了十年的病，還有她的年紀。她把她的天賦留給我，還有河邊的兩間茅草屋，但是祖先沒有召喚我，因此我不是恩嘎卡。我不覺得祖先現在會召喚我，我已經太老，沒辦法從頭開始學習了。」

「我母親什麼都沒有留給我。」蒂朵小聲地說。

「逝者總是會留下什麼。」約瑟芬娜小姐說：「即使他們沒有刻意為之。不然他們怎麼會來糾纏我們？」

他們經過堯伯特先生的書房，蒂朵發覺自己因為擔憂而雙頰滾燙。她聞到他的菸斗飄出的菸味，害怕自己的雙腳沒辦法用夠快的速度走過去。所以她放輕腳步，祈禱著約瑟芬娜小姐也保持安靜，他就不會察覺兩人經過。不過他剛好咳了起來，掩蓋了她們的腳步聲。

「妳覺得我母親會來糾纏我嗎？或者我妹妹？」兩人一走進廚房，蒂朵就開口詢問。她也想問問那頭伊蘭羚羊會不會來糾纏她，但是她怕約瑟芬娜小姐無法理解，所以她只問了母親和妹妹。

「不，我不認為妳母親和妹妹會來糾纏妳。」約瑟芬娜小姐說。

「如果她們來了呢？」

「告訴她們妳只是個孩子，孩子不應該被鬼魂糾纏。」

「她們會在我長大後回來嗎？」

約瑟芬娜小姐沉默許久，說道：「這個問題我不好回答。」

「但妳心裡有答案對吧？」

約瑟芬娜小姐點點頭。「我很害怕，因為妳還只是個孩子。」

「約瑟芬娜小姐。」蒂朵開口：「我看著自己的母親和妹妹死去。我有時候會看見父親變得跟母親一樣悲傷。他覺得我是個小孩，所以想隱藏這一點，但是他藏得不好，我看見了。葛洛莉亞保母也想保護我。艾蜜莉亞沒有看見這些，她是個孩子。但是我看到了，我一直都有看到。」

約瑟芬娜小姐說道：「妳有一顆孩子的心，孩子的恐懼，甚至是孩子的眼睛。妳把這些事情看得很單純，這樣的簡單是很美好的。」

「也很無知。」

「天真可以帶來平靜。」

「傻子才有的平靜。」

約瑟芬娜小姐大笑起來。「妳太聰明了。」她說：「對我這個老婦人來說。」

蒂朵努力擠出微笑。「所以妳會告訴我嗎？」她問。

「我必須從頭開始說，妳才會了解。而從頭開始的話，就要說一個很長的故事。」

「我喜歡聽故事。」蒂朵說：「我母親沒有被悲傷壓垮的時候，會跟我們說故事。艾蜜莉亞也喜歡聽，尤其是關於天鵝公主到仙境探險的故事。那個故事是我母親寫的，她用我和艾蜜莉亞幫主角命名，讓我們很開心。」

「我父親不喜歡故事。」約瑟芬娜小姐說：「他覺得故事沒有用處。」

「我有時候覺得我父親也是這樣。」

「這應該讓妳很難過吧。」

「我長大想成為說書人，我喜歡聽人們說故事。我想學，我想變得跟母親一樣厲害，但是我父親可能會很難過。」

「我瞭解。」

「那妳要告訴我嗎？」

「妳想把時間花在哪裡都可以。」約瑟芬娜小姐聳聳肩說道。「是這樣的：我父親很單純，他的單純也遺傳給了我。他是農場工人，他可以拿到新鮮牛奶、幾先令，還有他的僱主不要的舊東西。村裡的人看到我父親都會說：『恩特夏貝銀來了。他很富有，你們知道的。冬天的時候，他會買毯子和鞋子給家人，還有麵包和果醬。他睡的床是他服務的老爺送給他的。恩特夏貝銀真是受到眷顧的男人。』」

「我父親對這些形容總是感到驕傲。村裡的人看到我會說：『那是茉札吉，她是恩特夏貝銀的獨生女。』我會微笑，跟我父親一起感到自豪。」約瑟芬娜小姐停下來嘆了口氣，在蒂朵看來，這似乎是為了整理她的思緒。

「妳的族人叫妳茉札吉？」蒂朵問道，她的口音讓名字的發音變得些微不同。

「對，這是我父親取的名字。」

「這裡的人為什麼不那樣叫妳？」

「老爺覺得約瑟芬娜比較好叫，我們就是這樣做事的。」

「我想那也是葛洛莉亞保母不自稱姆瑪柯瑪的原因，我以為她喜歡大家叫她葛洛莉亞，但是我……我想我錯了。」

「現在妳知道為什麼了。」

「這樣祖先要怎麼找到妳？妳有告訴祂們約瑟芬娜這個名字嗎？」

「祂們會尋找我身上流淌的血液，還有我族人的靈魂，這樣我就不會迷失了。」

蒂朵沉默地思索了一下。「我一直不知道我的族人是誰。」她悄聲說道：「我的祖先並不知道我出生的事……不過，我想葛洛莉亞保母已經解決了。她為我取了克雷蘿這個名字，儀式名是姆瑪沫拉碧，而家族名稱……我忘記家族名稱了。不過我有寫進日記裡。」

「那些都是很好的名字，很強大的名字。」約瑟芬娜小姐點點頭。

「葛洛莉亞保母也這麼說，我想克雷蘿是她母親的名字。如果我迷失了，如果我和父親跑到羅德西亞或其他地方，妳覺得祖先還找得到我嗎？」

「祖先永遠都找得到。」

「妳確定？」

「當然。」約瑟芬娜小姐說道：「我的朱利耶斯做了很多年傻事，但是災難不曾降臨在他身上。他旅行到羅德西亞，甚至更遠的地方，他搭船、騎駱駝，還有其他我沒見過的交通工具。在旅途中祖先一直照看著他，將他平安送回我身邊。」她微笑著搖搖頭，然後繼續說：「如果祂們連這樣一個傻人都能守護，像妳這樣的孩子會活得比我還久。」

這番話讓蒂朵為之一振。「妳父親怎麼了？」

約瑟芬娜小姐說道：「嗯，荷蘭和英格蘭僱主之間的鬥爭讓我很困惑，因為主人是來自某個國家而不是另一個，這對我來說根本沒有差別，對我父親也是一樣。『妳父親為一個白人農夫工作。』我母親這麼說，在我心中事實一直是如此，直到我父親有一天不再為那位農夫工作了。

「我父親效力的那個英格蘭農夫拋棄了農場，整座農場全荒廢了。漸漸地，我的鞋子變得又舊又小，毯子也越來越薄，而麵包也很少出現在桌上了。於是在我父親生命的尾聲，他的臉龐在我眼中變得陌生。他的幸運和不幸都是來自其他人，當他不再是個受到眷顧的人，我知道他的精神崩潰了。

「他走了好幾小時的路去找新工作，但是還是失敗了。他後來被蛇咬了一口，在痛苦中死去。他因為羞愧而痛哭。我當時只是個孩子，所以問他為什麼感到羞愧。妳知道他怎麼回答我嗎？」

約瑟芬娜小姐看著蒂朵，蒂朵不知道答案，就像她不知道酋長對堯伯特先生說的話，但她還是想說點什麼。約瑟芬娜小姐看起來很悲傷，蒂朵想讓她露出笑容，但她終究只能搖搖頭，抱住約瑟芬娜小姐說：「我很抱歉。」

「沒什麼好抱歉的。」約瑟芬娜小姐說。她緊緊抱住蒂朵，然後鬆開手。「這是很久以前的故事，痛苦早已消失得差不多了。我可以繼續說嗎？」

蒂朵點點頭。

「我父親希望我原諒他。『茉札吉，我的孩子，請妳記得我好的樣子。』他懇求道。我想……如果我記得他淚流滿面、羞愧無比，或沉湎於一樁樁失敗的樣子，他就會來糾纏我。他的鬼魂會恨我，讓自己的回憶充滿怨恨。所以我騙了他，我告訴他：『我會記得你好的樣子。』他心滿意足地微笑，離開人世。我睡著後夢見了他。他流著淚問我：『妳記得我嗎？』我告訴他我沒有記得他不好的樣子，然後了無牽掛地醒來。」約瑟芬娜小姐再次停頓，搖了搖頭。「蒂朵，這些事情很難懂。一個老婦人說的古老故事……我有什麼資格告訴一個孩子呢？但是如果那孩子問起鬼魂糾纏的事情，她就必須知道。

「他是我父親。他給了我名字、我的鼻子、我的眼睛，還有母親沒有給我的一切。他愛我。如果我走向族人，他們會說：『那是茉札吉，她是恩特夏貝銀的獨生女。如果她父親現在看到她如此受到眷顧，一定會露出驕傲的微笑。』所以我問自己：這樣一個人的鬼魂來糾纏我，代表著什麼？他是一個鬼魂、一段回憶、賦予我生命的人，或者只是一個會消失在時間洪流中的普通人？

「我不會瞭解的。我不像我丈夫到過各地旅行。我不像妳一樣可以讀寫複雜的文字，我也沒有母親的天賦。我只知道我浪費了許多年試著想忘記我父親。假如他很殘忍，忘記他將是明智之舉，但他並不是。我不覺得他的鬼魂很殘忍。我對他的回憶已經隨著我的年紀模糊，而那個回憶很黯淡。我還記得他的時候，我一直試著忘記他。現在我想記得他，卻做不到了。我甚至忘了他的聲音。事情就是這樣。」約瑟芬娜小姐結束了她的故事。

約瑟芬娜小姐擦乾眼淚，蒂朵思索著，沉默在兩人之間蔓延。她的記憶尚未被時間改變，卻被竄進她雙眼和肺部的濃煙改變了。但是從她記得的事情來看，她沒有向母親或艾蜜莉亞做出承諾。事實上，她根本不記得自己對妹妹說的最後一句話是什麼。

「這是個難過的故事。」蒂朵最終說道：「妳的父親是在什麼時候過世的？」

約瑟芬娜小姐回答：「距離現在將近五十八個夏天。」

蒂朵思索著其中的含意，最後開口：「即使過了這麼久，妳還是很難過。這是不是代表在我變得比妳還老之前，火災那一晚都還是會讓我很傷心？」

「這代表只要妳活著，就會記得妳愛的人。」

「但我不確定自己是不是想一直記得艾蜜莉亞和母親。我母親很悲傷，而艾蜜莉亞那一晚的臉嚇到我了。父親說我是個好女兒、好姊姊，她們永遠不會來糾纏我。但是萬一她們改變心意，覺得我不是個好姊姊或好女兒怎麼辦？萬一她們真的來糾纏我，像那些真正的鬼一樣，像那個看不見臉的高個男人一樣怎麼辦？萬一死亡讓她們忘了我的愛，忘了我在她們離世時有多心碎……」

蒂朵的話因為啜泣而變得斷斷續續，沒辦法再繼續說下去。她屈起身子將頭靠在膝蓋上。她想止住眼淚，就像平常那樣。但是淚水從她眼中傾瀉而下，她怕淚水會沒完沒了地流下去。除了越來越強的羞愧感，她只能感受到約瑟芬娜小姐的手將她從床上抱起來，擁進她溫暖的臂彎中。「好了，我的孩子。」約瑟芬娜小姐說：「讓痛苦離開妳的靈魂。讓眼淚掉下來，痛苦就會離開妳。」

「我……很……抱歉。」蒂朵一邊啜泣，一邊斷續著說。

「妳不需要抱歉。即使是我這麼老的人，偶爾還是會因為某些原因掉眼淚。這沒什麼好丟臉的。」

聽到約瑟芬娜小姐的安慰，蒂朵安心地放聲痛哭，哭得撕心裂肺，直到她感覺自己的心跳漸漸平緩下來。約瑟芬娜小姐仍然輕輕地揉她的背，耳語著：「讓眼淚流下來，親愛的孩子，讓眼淚流下來吧。」她一遍又一遍地重複，直到蒂朵的雙眼哭得太過疲累，不得不閉上休息。

輕盈的隱蔽斗篷

蒂朵醒來時，發現自己處在一片黑暗之中。太陽已經落下，星星都升起了。她不再打嗝，呼吸不再短促，也不再流淚了。她從床上起身，聽見坐在扶手椅上的父親挪了挪身體。

「妳終於醒了。」他說。

「我本來不想睡的，我和約瑟芬娜小姐在打包行李，然後……」她思索著該用什麼不會讓父親難過的簡單詞彙。但她還沒來得及想到，父親已點燃蠟燭，在她的床上坐下了。

「約瑟芬娜告訴我。」他示意蒂朵坐到他腿上。「妳在睡夢中哭了。」他柔聲說，因為聲音太輕，要不是他靠得這麼近，她根本聽不見他說的話。

蒂朵怕自己又開始哭，便嚥了嚥口水，不斷眨著眼睛。她想著不知道有沒有人是哭到再也流不出眼淚的？現在她似乎就是那樣的人，就連拂過窗口的微風，都無法再讓她流下一滴眼淚。「我當時很累了。」她對父親悄聲說。

他問：「你記得火災當晚發生的所有事情嗎？」蒂朵搖搖頭，又補充一句：「有時這感覺就像一場夢。我會忘記大部分的夢……但是我忘不了這場火災，所以我知道它不是夢。我很難過，爸爸。我想念媽媽和艾蜜莉亞。我有時候覺得我的心會一直碎下去。這種痛讓我好怕。」

父親點點頭，握住她的手。「我也想念她們。」他說。

「包括媽媽嗎？」

為了回答這個問題，她父親看向窗外，深深嘆了一口氣，然後說道：「我第一眼見到她就忘了呼吸，我的心有一拍停止了跳動。我愛妳母親，蒂朵，從那一刻起直到她嚥下最後一口氣。但她對我並非始終如一。妳還是個孩子，她的孩子。我不指望妳能理解被她排斥，直到怨恨吞噬了所有的愛是什麼意思。妳知道她想殺死妳嗎？妳知道嗎？

「她就是這麼做的。她奪走我的心，還回來時已經碎得一塌糊塗。然後她放了一把火，離開這個世界。她奪走了妳妹妹，還差點也奪走了妳，所以我不能原諒她。我可以沒有她的愛，我接受我和她在一起的命運，但是她對妳和妳妹妹做的事情，是不可原諒的……」

她父親的聲音越來越小，聽起來是在努力平復呼吸。蒂朵緊緊抱住他，父親的心跳快速而有力地抵著她。「對不起，爸爸。」她說：「我不是故意讓你難過的。」

「我不難過。」他說：「我只是累了。來，妳得吃點東西。」他站起身把蒂朵放到地上。

「約瑟芬娜幫妳留了吃的……」

「爸爸？」她打斷他。她感覺在這個當下，如果她不勇敢說出來，機會可能就會從她手中溜走，再也不回來。

「怎麼了？」

「我有個祕密。」她開始說：「我知道媽媽點火的原因，她不是為了把我和艾蜜莉亞從您身邊奪走，我想她是為了救我們。她說她對我們的皮膚下了毒，所以她要帶我們到星星上……」蒂朵停下來嚥了一口口水。

父親在她面前跪下，一臉擔憂地看著她。「這是另一個夢嗎？蒂朵？」

她搖搖頭。「不是，葛洛莉亞保母給了我媽媽的其中一本日記，她在廢墟裡發現的。日記本有一部分燒掉了，但是還有幾頁留下來。」她又停下來嚥了一口口水。「所以我知道她愛你，爸爸。」

父親依然用奇怪的眼神盯著她，但是一種更接近迷惑的表情取代了原本的擔憂。「妳有妳母親的日記？」

「對。」蒂朵說道：「她寫到她的爸爸們、愛爾蘭和西印度群島。她寫到她的夢境，她前往非洲的旅行。她還寫到你。她很努力活著，爸爸。」

她父親似乎因為困惑而變得呆滯。「葛洛莉亞在廢墟裡發現的？」

「對。」蒂朵說道：「火災被撲滅之後。但是她只找到一本。我試過尋找更多日記，但是都沒找到。你生我的氣嗎？」

他搖搖頭，重新坐回床上，雙眼空洞地看著前方。蒂朵不確定該說什麼。這股沉默令她坐立難安。她試著在燭光形成的黑影中捕捉形狀，拼湊成一個東西，好讓她可以對父親說道：「那看起來是不是就像一隻老鼠在啃不該啃的東西，或是一隻貓在追老鼠，或者一隻狗在追貓咪？」但那陰影只是隱約有點像是起伏的海浪，一如既往地在牆上起舞，微弱的黑暗投射出不完整的形狀。影子唯一吸引她的，只有它們似乎想贏過其他影子的模樣，彷彿那一陣陣起伏只是在爭奪第一。但一切都是徒勞的，她做出結論。每一個影子都在隔壁的影子升起時落下，它們落下的速度就和升起時一樣快，讓位給敵對的蠟燭誕生的新勝利者。她看著父親，他似乎同樣著迷於那些影子。

「自從那個該詛咒的夜晚以來，我是不是一直在讓妳失望？」他突然開口問道。

蒂朵立刻回答：「沒有。」

「如果我讓妳失望了，妳會實話實說嗎？」

「我會的，爸爸。我保證會。」

「那麼告訴我，蒂朵，我有對妳盡責嗎？妳有感受到我的愛嗎？」

「我知道你愛我，爸爸。」

「但是妳需要我付出更多，比母親的職責、比艾蜜莉亞給妳的陪伴還更多。超過我給妳的保護——妳需要更多，對吧？」

「我不懂。」

蒂朵不確定自己是否聽懂了，她看著父親的臉，試著從他的話語之外判斷他的感受。

「妳還需要我做什麼嗎？」

她搖搖頭。

「蒂朵，這麼說讓我很心痛，但我是妳唯一的家人，妳也是我唯一的家人。我發現我……我忽略了我的職責中關於情感的那部分。我以為我的愛足夠讓妳快樂。說妳母親的壞話讓我很痛苦，但我認為自己是父母之中比較好的那一方。不論如何，我似乎都讓妳失望了。為了改正這些錯誤，妳必須時時告訴我實話，我們欺騙對方是沒有好處的。所以我再問妳一次：妳還需要我為妳做些什麼？」

「你不會生我的氣？」

他緩緩搖頭，捧著她的臉說道：「我保證。」

「好。」蒂朵點頭。她跳下床，從行李箱裡拿出她母親的日記交給父親。「媽媽寫的故事大多被火燒掉了。」她說：「我憑著記憶補完了她唸給我和艾蜜莉亞聽的故事，一個是關於天空之神的孩子，一個是關於遺棄之地的幽靈。但是大部分的故事她都沒說過，我不知道該怎麼寫完，尤其是最後一個。你能不能讀一讀日記，看看能不能幫我補上這些不完整的故事？」

「這就是妳要的？」

蒂朵點點頭。「如果是現在現在……這樣就夠了。你確定不生我的氣嗎？」

「我很確定，寶貝。」他微笑著摸摸她的頭。「我盡可能去做。」

「謝謝你，爸爸。」她抱著父親說道。

他把下巴輕輕靠在她的頭頂。「妳現在得吃東西。」他說：「來。」

蒂朵牽起父親的手，跟著他走到屋外。夜幕垂落在他們身上，像是輕盈的隱蔽斗篷。一彎新月從容地升上西方天空的一隅，表示一個月分即將結束，另一個月分即將開始；蒂朵暗自希望，或許這是一條更好走的路。她微笑著，希望思緒變得真實，讓這真實持續存在。也許這就是月亮的承諾。

「我們詛咒了妳。」她覺得自己聽見父親這麼說，聲音很輕柔，太輕柔了——就像那陣曾經呼喚她名字的風的耳語。她不確定。她繼續揣著懷疑，靜靜地在他身邊行走。

前往非洲

第四部

書背燒毀的黑色小書

艾麗莎的日記是一本書背燒毀的黑色小書，一部分已經完全燒毀，其他頁面則被水泡壞了。某幾頁還看得出原本的字跡，或者那是蒂朵順著模糊的字跡描繪出來的。不過大部分都已經損毀，無力回天。還有幾頁不見了。最好的情況是，日記裡充斥支離破碎的故事，亞伯罕一點也沒興趣讀。而最糟的情況是，那是艾麗莎為自己的罪行所找的藉口，而亞伯罕一點也不打算原諒她。

但是他必須讀，不是嗎？為了女兒，他只需要再多忍受艾麗莎一小段時間。最終，他小心翼翼地翻開了書頁。

艾麗莎・米勒小姐的日記：一九一二年

一月一日，星期一

我最大的恐懼是我沒辦法一直撐下去，我害怕自己總有一天會屈服，結束自己的生命。這是一個極其複雜的困境，甚至連我自己都不理解。我今天算是達到一個里程碑，我的三十歲生日，我想這表示或許至少該試著去理解這一切。這是我欠自己的。

首先我應該說，我不是個有自殺傾向的人。事實上，我也不會想去做任何形式的謀殺。不過，我十一歲時，曾經磨碎玻璃加進自己的茶裡，我想我當時確實是想殺死自己。

我知道這些是很矛盾的。我應該知道那些看似讓我想殺死自己的明確理由，假如有人問我，我應該說出一些悲劇故事：我父親一出生就是奴隸，我從未見過母親，諸如此類。我覺得如果跟其他人提起我的困境，他們一定會想要一套病理學說詞，一個顯而易見、可以馬上提出的病因；但事實是，我之所以完完全全失去希望，不是因為我父親是奴隸，不是因為我母親過世，也不是因為我人生中的任何一個面向。

別人自然會問我：**妳怎麼會不知道？妳怎麼會不理解？這畢竟是與妳有關的事，一定有什麼原因。**

當然有原因，這就是最困擾我的事——一定有什麼原因。但是就像愛、喜悅甚至憎恨一樣，我無法計算其價值，也無法解釋。對我而言，這就像一個孩子吸吮母親的乳汁，單純因為他知道要這麼做。或者這個孩子第一個學會說的詞是「媽媽」，或者這個孩子在十三年後墜入愛河，單純是因為情不自禁。

我深陷憂鬱之中時，無法衡量我的憂鬱。我無法去思量它，我最多只能在想到呼吸、活著和為了走下去而走下去的重擔時，感到深深的無助。這種為了活而活的狀態讓我感到害怕。我越想就越難以呼吸。如果你從來沒有過自己死了、被埋葬，然後又迅速復活的感受，那麼你是無法輕易瞭解的。（話雖如此，老實說，我有時候還是覺得，我的內心是為了找藉口才杜撰這些故事。）

我的夢是不現實的。我記得有一次在夢中無法呼吸，接著一隻影子變成的手，將我拽入又深又暗的虛無之中，我像個牽線木偶，被無數隻影子手提著懸在空中，而這段時間內我還是無法呼吸。我醒來時發現自己癱在床上，動彈不得、叫不出聲也哭不出來，而且我好冷，既冷又喘不過氣，就像剛從墳墓裡爬出來。

就像我活得越來越不真實，就像我的生命被抽走，吸入了夢裡的虛無之中，催生出那些不斷壓著我的影子手，它們壓著我，繼續吸走我的生命。它們從我身上，從我的夢裡獲得生命。我害怕入睡。那種恐懼是如此簡單，如此根本，但是隨著時間流逝，它就像一張網，精心繁複地將自己包裹起來，裹得很深，它開始將在你的心靈、你的情感，和你看見的一切事物周圍編織。它潛藏在你存在的根源，不論你做什麼，你都知道它在始終那裡，靜靜地等待著。

這種等待令我害怕，因為等待會結束，接著必定會出現某種新的東西。屆時，由恐懼、惡毒和害人之心織成的網子，就會變得熟悉又親切，像是慰藉，像是我無法辨別的敵人。它會變成一個遺忘已久的朋友，而我必須擁抱它，那就是我放棄的時候。感覺就像掉進一個沒有盡頭的洞，一個我看不清楚的洞，但是我知道洞在那裡，它吞噬我，我卻無能為力。這就是我最大的恐懼：我不知道自己能不能一直撐下去。

我不想要這樣：蜷縮在被窩裡，為自己不理解的空虛而痛哭。我想要我母親所期望的：微笑，清晰的頭腦，輕鬆自在的心靈，掙脫這些我碰不到、感受不到、聞不到，只存在於我內心中的枷鎖。掙脫。掙脫。

我越來越清楚知道，我必須去非洲。我想那是弄清楚究竟是什麼讓我陷入困境的最好機會。正如我無法解釋自己對生命的矛盾態度，我也無法解釋非洲為什麼深深吸引著我；除了明顯的理由之外。某種不屬於這個世界的東西一直在召喚著我。我得過去。我得瞭解從小就出現在夢中的那些影子手。

我必須說服母親讓我去。

一月二日，星期二

非洲很遙遠，非洲也很大，海岸線與大西洋和印度洋交好。東西兩側的海岸，任意地送走大陸上的人民，偶爾接收來自歐洲的囚犯，還有來自南亞的奴隸。

開普敦作為歐洲在新世界最古老的私生子，必須肩負為那些任性孩子撫平鄉愁的義務，因此整座城市的設計就是為了原原本本地模仿舊世界。

開普敦證明了自己是值得進一步改造的中繼站，這座海上客棧很快就湧入了來自東印度群島的奴隸——那些人如今稱作開普馬來人。這座城市也是以這種方式回應著舊世界帝國的成功，靠著奴役一個族群來讓另一個族群進步。在開普敦，歐洲可以讓過往變得完美，他們可以很小心地做到這一點。

我的結論是，假如要探索這個理論上生下我的土地，開普敦就是最理想的起點。這裡應該會讓我感到親切。正如西索．約翰．羅德茲對自己能力的評估：「從開普到開羅」。

所以，穿越這座海洋的城市，到非洲去吧！

〈部分內容遺失〉
〈確切日期未知〉

我為即將到來的旅程收拾東西時，發現一張紙上面寫著我起草的冒險故事開頭。我回想自己的童年。但是不知為何，我不記得自己開始寫故事的理由，也不記得我擱筆的原因。不得不說，這實在有點煩人。不過我現在要重新開始了。

我七歲的時候，所謂的俄羅斯流感在全世界蔓延，當時我那不幸染病的父親把我叫到身邊，對我說：「我沒告訴過妳『天空之神的孩子』這個故事，對吧？」

他說話的節奏讓每一個字都含糊交融在一起，抹除了斷點和所有格式。他幾乎吞下了所有輕聲的子音；我得把那些字從回憶中挖掘出來，從我熟悉的字詞中挖掘出來。他說起話來彷彿在唱歌。

我聽了他的問題後搖搖頭，此時父親想起來了。「不，我沒說過。」他肯定地說。「是這樣的，天空之神有三個孩子，一個是太陽，一個是夜晚，一個是月亮。妳無法相信夜晚，也無法讓太陽順妳的意，妳無法改變他。但是月亮永遠不會變，麗西。她永遠不會變。」他說故事時，天上掛的不是耀眼的滿月，而是黯淡又害羞的新月，躲在徐徐劃過天空的雲層後方。這個畫面與父親所說的完全相反。就連他說故事的當下，月亮都在改變——前一刻還害羞地躲著，下一刻就吹噓自己的光芒。

他繼續說：「不論是冬天或夏天，月亮永遠都不會變。」他開始咳嗽，風突然變強，讓父親想起自己生的病，於是他打了個冷顫、咳了幾聲，再用手背抹了抹嘴巴。「我看到月亮變了。」我看著天空告訴他：「前一天是滿月，隔一天就不見，有時候只有一半。」我試圖模仿父親說話的節奏，但是我學不會，學得不太像。我總是在不該中斷的地方、在父親不會中斷的地方中斷節奏。

「對，夜晚會吃掉月亮。」父親點著頭說：「它會一直吃、一直吃，直到月亮變成暗的新月。黑暗很貪婪，所以夜晚會繼續吃，直到月亮消失在夜空中，再也看不見。但是你看，時間很仁慈。月亮回來時就會變回滿月，像從前一樣閃耀。」另一陣強風襲來，父親覺得自己撐不住了，便向我招招手，要我跟著他回到我們那簡陋小屋的黑暗中。

外頭還有一點天光，還有一點點溫暖的陽光，可以驅除風中的寒意。我實在不願意離開，但是父親也不能在陽光下坐太久，他的皮膚會曬傷。冰冷的簡陋小屋也讓他不住顫抖，但是他能忍受。他堅定地說「他的骨頭與這始終如一的寒冷很契合」。他不是一下子冷、一下子熱。他只是存在著，在那裡。我坐著的木椅隨著我移動身體而晃動、發出嘎吱聲，他躺的那張床則太短，放不下他的腳。

他繼續說故事，聲音因為不斷咳嗽而變得低沉粗啞：「妳看，月亮有祕密。夜晚很嫉妒，因為月亮只會把祕密告訴風、沙和死氣沉沉的東西。夜晚想著，如果吃掉月亮，就等於吞下她的祕密。**如果我吞下她的祕密，就等於得到她的美麗。如果我得到她的美麗，就**

等於風、海洋和死氣沉沉的東西都崇拜我。」

「夜晚想要美麗？」我問道：「但是他已經有讓自己美麗的星星了，他還想要更多？」

「對，麗西。」他點著頭說道，雙手緊緊抓著大腿，又點了點頭。「夜晚是那樣想的，他坐下來，在腦中構思著計畫，接著告訴世界：『看呀，世界，如果你讓我吃了月亮，吃了她的祕密和美麗，我就永遠不會回來糾纏你。我會讓你每一天都在陽光下度過，從此再也沒有黑夜。但是我想要月亮和她的祕密，你得幫我得到。』」

「但是世界需要月光呀。」我說道：「世界不能交出月亮的祕密，那樣就太糟了！」

「啊！世界不想要夜晚了。」我父親說道：「他不想要黑暗，所以他告訴夜晚：『我會叫月亮過來這裡，你就能拿走她的祕密，然後就消失吧，夜晚！快點離開，別打擾我們了！我再也不要黑暗了。』

「世界這麼告訴夜晚，但是太陽聽見他們的耳語了。他聽見了，而且他不喜歡這些耳語。太陽知道如果夜晚走了，他就得時時刻刻待在天上，太陽可不想要。一直發光、一直發光，永遠不能離開天上，太陽覺得太累了。世界呼喚月亮到這裡來，月亮過來了。所以太陽開始對月亮耳語。

「太陽給了月亮自己的光芒，然後告訴她：『夜晚想要從妳身上偷走東西，他想偷走妳的祕密和美麗。世界要幫助他，因為他再也不想要黑暗了。我給妳的光芒不是天賦，而是我的魔法，可以保護妳不受夜晚和世界欺負。但是妳要跟我一起分攤待在天上的時間，我休息的時候，就換妳升空發光。有時候我會在白天感到寂寞，妳就到天上來跟我一起發光。』

「那就是月亮時至今日都在發光的原因，但她還是很難過世界背棄她，所以她也背棄世界。每次月亮升起時，妳抬頭只會看見她露出一側的臉。她把所有祕密都藏在另一側，藏在世界和夜晚看不見的地方。夜晚吃掉她的時候，她就對他下毒，讓夜晚將她吐回天上。就是這樣，月亮永遠不會改變。只是我們看事情的方式讓我們以為月亮在變，那其實是夜晚在來來去去。」他總結道。

「既然月亮會下毒，為什麼夜晚還要吃她呢？」我向前傾身問道，以便抓住飄散進我們之間那片虛無的所有文字。「他為什麼不問她的祕密是什麼？他為什麼不能跟她共享美麗，就像太陽將光芒分享給月亮一樣？」

「是因為貪心，我的麗西。」他說：「他是受到貪心和希望驅使。他沒有停手，時間一點一滴流逝，但是夜晚仍然在等待，希望月亮的毒藥耗盡。但是情況並未如他所願。她仍然繼續下毒，不斷繼續。」

「她會永遠這樣下去？」

他再次點頭。「我和妳有一天會從世界上消失，但是月亮還會在天上對夜晚下毒，隱藏她的祕密。不論是冬天或夏天，月亮永遠都不會變。就是這樣。」

我模仿他的樣子點點頭，表示我懂了。看到這番話似乎已經刻進我心中後，他便說：

「我得睡了，太陽離開天上後再叫醒我。到時候我要呼吸外頭的空氣，我要告訴妳另一個故事。在我忘記之前叫醒我，我的麗西。」

俄羅斯流感是殘酷的。當天晚上，我父親在寂靜中離世。我早上醒來後，發現不論我怎麼努力，都無法把他從睡夢中喚醒。被派來執行臨終禱告的牧師要我別擔心，因為我父親已經籠罩在上帝的榮光中。「他與天使一同歌唱。」他說。

我父親，他是個單純的人。死亡像個流氓似的，趁他不注意把他逮個正著：他錯估了自己的大限，他自己的死亡令他錯愕無比。隨著生命即將終結，他在恐懼和苦澀中哀悼。

除了那命中注定的揭曉生死的時刻，他也因為一個簡單的道理而頓悟：他是那種用工作時數和我們桌上的食物衡量財富的人。他並不擁有其他東西，也沒有東西可以給予。除了我的名字和我的皮膚，他離開之後並沒有留給我任何遺產。

因此，他把我叫到身邊，頭一次告訴我隨著他的族人飄洋過海而來的故事。但是海水的鹹度、非洲的遙遠——這些東西都改變了那個故事。他的財富，完整地說，就是一個被時間破壞的破碎故事，和一個保證會傳承故事的承諾。

那個故事算是一種禮物。我整個童年都在看月亮誕生和離去，升上和落下天空。然後我閉上眼睛，想像父親坐在離我不遠處，坐在一張放不下他的長腿而且嘎吱作響的床上。他坐在那裡，對著我們兩人之間的空間用力咳嗽；眨眨眼睛收起眼中的淚水；清清喉嚨，耐心地唱起他差點遺忘的歌曲和神話。

我應該想他吧。我對他的記憶不足以讓我肯定地說出這句話，但是我應該想他。我從這段回憶開始重寫未完成的故事，看來似乎是對的。既然讓我在此刻找到，那應該是命運的安排。有鑑於我即將展開的旅行，再一次著迷於與我的出身有關的細節，似乎是正確的。

而且，我覺得我必須明確地知道和瞭解，我從何時開始、又為什麼開始夢到影子變成的手和蛇。

一月二十三日，星期二

你瞧，這雖然是眾多影響深遠的悲劇產生的結果，但是我很幸運，這一輩子能有兩個父親。還有兩個母親，不過這還有待商榷，因為我幾乎不記得那個帶我來到這個世界的女人。

回到正題：我一過完十九歲生日，就問第二個爸爸他選我當女兒的原因。他的回答很簡單，很高尚。事情是這樣的：他認識的一個人，在牙買加擁有一片甘蔗田。他透過這個人認識了另一個人，一個生下來就在那片甘蔗田當奴隸的人。

那另一個人，也就是奴隸，正是我父親。他的名字叫二十五，因為他在一八二五年出生。父親的母親在生下他之前，已經被迫與前面三個孩子分離。她那三個孩子都取了響亮的名字，而她不想再失去我父親。當時有一個從非洲信仰衍伸出來的迷信，就是假如給孩子取一個不好的名字，祖先就不會渴望得到這個孩子，孩子就能長命。我奶奶絕望至極，她甚至猜想奴隸主和非洲人的祖先，或許對某些事情的看法類似，因此她給了我父親一個毫無感情的名字。事實證明真的有用。他們一直住在同一片甘蔗田上，直到她過世。

總之，我父親喜歡一邊在田裡工作一邊講故事。他有時候會把故事說給家奴聽（廢除奴隸制度後的合法名稱是學徒），而家奴又將故事複述給其他家奴。有一天，他們傳誦的故事傳到我（第二個）父親的耳裡，他很喜歡這些故事，就想見見說了這些故事的人。從那天起，那兩個人，我的兩個父親，成了點頭之交。他們以白人和奴隸的身分，在完全沒有違背社會風俗的情況下，以最友好的方式相處。

我不知道我的第二個父親在甘蔗田上看到了什麼，他從未說過，但是我知道他有些事情沒告訴我。總之，從那時候到我出生那一年的這段時間內，發生過一場悲劇。不論發生了什麼，一定是影響深遠的事，所以當我的生父過世，而且顯然沒有人可以收留我時，我的第二個父親毫不猶豫地自告奮勇擔任這個角色。這之間或許有一些金錢交易，我不知道，老實說我也不想知道。他愛我。

在我第一個父親死後，俄羅斯流感很快便找上了我。我不記得這件事。事實上，有關我出身背景的細節，在我腦中都是些零碎的片段。不過我父親說過，那場病讓我整個人都變得虛弱，不斷地乾嘔、發高燒，還有其他恐怖的事，從此都深深埋在我心底。

「妳當時還是個小不點。」我父親說：「牧師把妳送到孤兒院一段時間，修女們怕妳活不久了。妳呼喚著妳父親，伸出雙手，彷彿可以碰到他。」他搖搖頭，好似那段回憶依然令他心痛。他嘆一口氣繼續說：「瑪麗修女請我過去，她也請了牧師。我想她是在擔心妳的靈魂。」他笑了起來，頭往後仰，用手抹去從眼裡不斷流出的淚水。

「我立刻趕到妳身邊，只是妳不知道。我為妳禱告，生命的氣息就回到了妳身上。」他繼續說：「那是個奇異的時刻。」他躺回扶手椅上，手指緊緊貼著大腿，瑪麗修女的虔誠帶來的喜悅突然從他臉上消失。「那是我第一次瞭解到生命的短暫。」他以這句話作結。

我想為自己記住這些細節。我現在相信，在我目睹了父親死亡，又差點被同樣的兇手奪走小命之後，我一定也瞭解了生命的短暫，甚至可能瞭解了生命的意義，即使只有那麼一瞬間。但是那個時刻已經消逝，我的頓悟已經喪失，這個訊息已白白浪費。

我漸漸康復後沒多久，我和父親就從加勒比海搭船到英格蘭；對我而言是處女航，對他而言則是回家。在這個鮮少人歡迎我，更沒有人愛我的地方，他遇見並瘋狂愛上了一名貧窮農夫的女兒。在我父親的同輩人中，她是第一個好奇且毫不避諱地問他，他到底是把我當寵物、僕人還是女兒在愛著。

瑪麗修女總說我父親是個慈愛的人。她總說：「他從沒遇過一個他無法去愛的生命，也沒有哪個生命無法回報他的愛。」

我父親和那名農夫的女兒結婚，並帶她走遍全世界她憧憬的地方，當我們在西印度群島休息時，瑪麗修女偷偷告訴我，我父親或許太善良了點。「那個女人真是一點教養也沒有。」她說，自顧自地嘆一口氣，好似在為一樁糾纏她的悲劇黯然神傷。「愛是一件傻事，我告訴妳，太傻、太傻了。」

雖然她說的話我大部分都聽不懂，但我知道她說的「那個女人」是指我的新母親。我還是個孩子，還看不出來我父親階級不高的種種跡象。對我來說，他是個富有的人，對我這樣的孤兒展現出了最大的善意。

他沒有告訴我他是個雜貨商的兒子，以及他以一種算是平凡的方式賺錢——也就是經商——伴隨而來的銅臭味。我從他口中聽到的，只有讚頌辛勤工作收穫的甜美，那是不介意流點汗的人隨時可以採摘的果實。瑪麗修女優雅地端著茶杯，盡情地在我耳邊訴說煩惱。當她終於發洩完滿腹的擔憂後，她問我：「她對妳好嗎？」

「很好。」我說，我知道話題仍然圍繞著我母親。

「她愛妳嗎？」她問道，銳利的眼神讓我羞愧得無言以對。我蜷縮起來，或許太久了點，也許這就是她最後開口解救我的原因。「沒關係，如果有必要，米勒先生會做出明智的選擇。」

老實說，我不理解瑪麗修女的話。不過我還是默默記下三件事情，這漸漸變成我的習慣。首先，瑪麗修女永遠都不稱我父親為我的父親，而總是稱他米勒先生。第二，我們的話題從未離開我父親（或者直接與他相關的事情）。最後，她很喜歡提醒我，能有米勒先生做父親是天大的幸運。

「妳覺得**他**愛我嗎？」我問她。

瑪麗修女有一瞬間看起來像是被冒犯，不過很快就恢復原樣，說道：「是的、是的，他當然愛妳。」她甩甩手以表示這個答案是多麼顯而易見。「但是那代表什麼呢？我監督過許多孤兒的收養過程，如果我說妳比其他人幸運，那妳最好相信。妳找不到比米勒先生更好的父親了，**這一點**我向妳保證。」她啜了口茶，叉起腳踝，開始稱讚起我日漸進步的發音和用詞。

「米勒先生也變得更好了。對，他必須變好。」她說道，一邊搖著手指增加戲劇效果。「到處都有自以為高人一等的人。」她用手比劃了一下。「他不注意的話，很容易又陷入以前的習慣，不過他對自己的要求很高。他的發言進步很多，舉止儀態也是。現在看到他的樣子，根本猜不到他的出身有多低微。對，他成為令人尊敬的紳士了。」

她意味深長地搖搖頭，為自己的故事作結：「把妳的茶喝掉，親愛的。趁茶冷之前喝了。」

我默默喝下手中的茶，扮演一名聽得津津有味的聽眾。等到茶喝完，她的故事也說完之後，她將我送回我父母身邊。

一月二十五日，星期三

因為瑪麗修女告訴我的事情，回到英格蘭的旅途中，我的日記裡寫滿憂鬱又好奇的心情。雖然我還是個孩子，但我意識到我的家庭組成會引發旁人的好奇。人們喜歡指著我們竊竊私語。所以我無法不帶諷刺或誠心誠意地說，英格蘭是我的家鄉。我感覺自己就像一名遊客——我待在這裡的時間會結束，屆時我會出發回家。

我和父親曾經去日本旅遊。當時我貪得無厭、全心全意吸納著那裡的美，因為我知道我在日本的時間很快就會結束。而當我想到家的時候，心中浮現的卻只是一個仍在醞釀，尚未成形的地方。

這二十二年來，我在英格蘭的感受，就與我在日本的感受一樣。這裡不是我的家，也永遠不會是。當母親問起我為何對世界如此不尋常的著迷，這就是我告訴她的答案。今天她才對我說：「如果妳從來都不在家的話，怎麼會有家的感覺？妳從來沒有讓自己真正在家。」

很明顯，母親不想讓我去非洲。根據她的說法，我已經看夠這個世界了。法國、西班牙、義大利、美洲、亞洲大部分的地方，加勒比海群島，還有我們這座島嶼的一小部分——這就是我母親眼中的全世界。只敢走訪英語系國家的母親，認為其他地方對她而言都太陌生了，她提不起興致。「妳每次出門我都非常想妳。」她說：「拜託妳重新考慮一下吧。」

我們並肩坐在畫室裡，看著冬天造成的破壞。隔著窗戶可以窺見外頭冰冷的土地，籠罩在一片荒蕪之中。夏天盛開的玫瑰和百合都已經枯萎，向冬季投降；而那座湖，我幼時學習游泳的地方，現在變成一片死寂的薄薄冰層，而我母親喜歡坐在下面描繪陰鬱風景畫的那棵柳樹，也已經沒有了葉子、果實和小鳥。這幅景象提醒了我，從小到大，我是多麼厭惡這個地方的寒冷。太陽喜歡躲藏，天空喜歡發愁；在寒冷之中，我的心情更是愁雲慘霧。

「我在這裡不開心。」我對母親說。

她的神情像是我捅了她的心臟一刀，又在她墳上起舞似的。她右手摀著胸口，倒抽了一口氣，聲音輕如微風。我的視線從她的雙眼移開。「我不是故意要讓你傷心，母親。」我說道：「但是我得離開。」我又冒險看了她一眼。

她搖搖頭，垂頭說道：「有時候我真的覺得妳就是為了要傷我的心。我做錯了什麼，讓妳總是這麼急著想逃離我？我對妳來說不是個好母親嗎？」

我看著她，直到確定眼淚不會掉下來才開口。當我終於平靜下來後，我說：「我知道妳一直愛著我。」我思索了很久應該用什麼措辭，我很想說：**但有時這還是不夠**。不過我知道不能這麼說，這樣太殘忍了，她會心碎的。所以我默默想出一套說法，讓她理解和欣賞話語中豐沛的情感，她會將之視為我詩人靈魂的結晶。

「我有時候會想起我與父親住的房子。」我開始說：「但有時候不記得。這種時候，我會懷疑自己的回憶是不是真的，或者是多年來我自己想像出來的。這就是為什麼我回到加勒比海地區這麼多次。我要建立自己真實的人生，去確認它們，去知道儘管我屬於你，但我也曾屬於他和那座又小又破的棚屋。

「妳讓我前往世界各地，那些與我完全無關的地方，那些不曾孕育我、不曾給予我任何東西的地方。如果我的世界……我腦中和心中的世界……要變得完整，我就必須從起點開始。而一切的起點就是非洲。妳怎麼能讓我去其他地方，卻唯獨不讓我去非洲？」

我母親搖搖頭，我看見淚水從她眼中滑落，滴在她緊握的雙手上。「我沒有不讓妳去非洲。」她說：「就像妳去過的其他地方，也從來不是我決定的。我從沒同意過這種瘋狂的事，都是妳父親的決定。妳向來就隨心所欲——沒有人陪伴就四處閒晃，也不管會有什麼危險……一個年輕女子隻身闖蕩世界。妳以前從沒開口問過，現在為什麼問了？」

我的答案很簡單，我也很快說出口。「因為我這次需要妳的允許。」我說：「我不想讓這趟旅程留下妳心痛的印記。我感覺如果去那裡，我就背叛了妳和父親。所以我需要妳允許我。」

她問我：「如果我不准，妳就不會去？」

我回答：「不會。」

「妳是認真的？」

「對。」

「真的？」

「對。」

「那妳為什麼還要去？妳也許不覺得這裡是妳的家，但我是妳母親。這件事妳不可能懷疑。」

我沉默不語。從她成為我母親的那一刻起，我已經懷疑過許多次。瑪麗修女或許在無意間埋下了種子，陌生人的指指點點和竊竊私語則灌溉了這顆種子。或者我們家的情況才是真正的罪魁禍首，又或者是我天生憂鬱，又或是誠如我母親正確的判斷，我沒有把這個家當成我真正的家。這些都有可能，又或者全部皆非。總之無論如何都不重要。種子已經種下，做什麼都無法阻止種子開花。

我沉默不語，因為隨著不安的情緒越來越強烈，我開始好奇她是否想過自己生孩子，打從出生開始就屬於她的孩子，身上流著她的血的孩子——頭髮、眼睛和皮膚都屬於她的孩子。

但是同樣地，我不能問。這太殘忍了。即使我陷入絕望，我也不能為了自己的收穫而讓她陷入貧瘠。我的母親，她是個善良溫柔的女人，她從來不會說這種話，我絕對不能問她這些。所以我們溫柔地跳了一支欺騙之舞，始終只說善意、不真實的話語，緩緩編織成扭曲、未成形又脆弱的，名為愛的絲線。

「我從未懷疑妳對我的付出。」我最後終於開口。

我看見她眼中的渴望。當她開口，我彷彿也在她的聲音裡聽見這種情感。「請答應我妳一定會回來，艾麗莎。」

「會的。」我告訴她：「我保證會回來。」

在沉默之中，我們繼續凝望著屋外貧瘠的大地。

老實說，對於她讓我走這件事，我不知道自己是否覺得高興。不過，黑天鵝號最終還是會帶我前往非洲。我要去非洲了。我要去非洲了！

一月三十一日，星期四

在那張草擬了冒險故事開頭的神祕紙張上，我相信我已經花了足夠多的時間，我相信自己已經解開了它的謎團。

我想這一定是我開始書寫那個故事的原因：我想描寫一位神話裡的公主遭遇的種種不幸，她是個病懨懨的孩子，由她的父親照顧，並且瞭解了夜晚與月亮之間淵源已久的仇恨。這個發現促使她航向月亮，因為她相信在那裡，在埋藏祕密的陰影那一側，她一定能找到治好她疾病的解藥。在某種魔法慷慨的幫助下，這個我命名為艾蜜莉亞的公主，認識了住在那裡的古老部落族人。

不過我也有可能屈服於虛榮心，將她命名為艾麗莎（反正不會有人看到這些故事）。我甚至可能會讓她擁有黝黑的皮膚，說著外國的語言。誰會在乎？誰不會在乎？總而言之，我認為這就是理由。

假如父親告訴我更多故事，我就能把那些故事也記下來。唉，但是他只留下這一個。我會好好保存的。

艾麗莎・米勒小姐的日記：〔可能是一九一二年〕

〔部分內容遺失〕

〔確切日期未知〕

我今天看見一幅美妙的畫面。當時我們正貼著法屬西非的北海岸航行，旁邊忽然一陣騷動，因為有一個人，我不知道是誰，看見一隻海豚游到我們的船旁邊，他趕緊呼喚大家前來欣賞。

結果我們發現船邊有一整群海豚，總共六、七隻左右，牠們彷彿追逐著船一般向前游。有幾隻躍出海面，在空中短暫停留，接著迅速潛回安全的大海中。這在人群中引起另一陣騷動，大家興奮地七嘴八舌談論著。我們拍手、歡呼，叫更多人過來看。總而言之，是一幅很美麗的畫面。

接著，大概中午左右，有人看到遠方出現水花。我想在當時我們都迫切希望能看見更多令人興奮的東西，也許是期待太高了。布朗先生猜測那是鯨魚掀起的水花。他說他可以用性命打賭。事實上，就在他正要打賭的時候，他的妻子阻止了他，合理推斷那並不是鯨魚造成的。首先，水花太小了。其次，鯨魚難道會用與海豚一樣的方式戲浪玩耍嗎？牠們龐大的身軀能夠如此靈活嗎？我猜布朗先生那時候就和我們一樣，只是渴望見到更多令人嘖嘖稱奇的景象。

我想我們這趟航程已經持續太久了。我知道這一點，是因為即使被布朗夫人打斷，關於那隻海豚究竟是不是海豚的話題還是沒有結束。布朗先生很快提醒大家他是一個博學的人，當發現沒人支持或反對他時，他又迅速補充說他是由查爾斯·達爾文親自邀請到那個圈子的一員。他說，他對大自然再熟悉不過，就像修士對聖經那樣熟悉。沒有人有勇氣去挑戰他的自信。

我必須承認，我希望布朗先生說得沒錯。如果我看到了鯨魚，也許我會更享受自己自視為記錄者的職責。在那群海豚找到我們之前，我們深陷在毫無生氣的乏味之中，一種對激發詩意沒有任何幫助的無聊狀態。我的結論是，或許我母親是對的。除了看到海豚或我不認識的稀有魚類，這趟旅程中完全沒有等待我發現的新事物。

我旅行太久了，幾乎整個人生都在旅行。光是這趟旅程，我就記錄了每一次潮汐轉向、每一陣風的軌跡、每一場風暴、每一次船隻改變航向，以及我們向南航行時每一顆掛在天上的星星。如果提燈的燈光輕輕地閃了一下，或者傾盆大雨中的幾滴雨水（稍微）往左或往右傾斜落下，放心，我也會記下來。我對於旅行的新鮮感徹底失去信心了。

如果我凝視著海平面並歌頌著沒有比這更美麗的景象，那將是最虛假的讚美詩。海洋的光輝燦爛再也無法打動我，我覺得海平面的美就如同我見過的所有海岸、孔雀或森林一樣平凡無奇。我把注意力轉向其他無聊瑣事，例如暗自批評同船旅客可悲的洋裝，或者與人膚色不相稱的脫線西裝。第一場悲劇發生在布朗夫人身上，那可憐的女人一直試著想顯得時尚。這件事本身已經是悲劇，但是沒想到她的野心更大，還將相同的命運施加到她丈夫的身上。

我聽說昨晚的晚宴上，她選了一件紅色禮服，遺憾的是，這件禮服與她的膚色極其相襯。如果這樁慘劇足以媲美她在上星期日招搖地穿在身上，恐怖程度宛如暴行的梅紫色洋裝，也許我最好沒親眼見證這最新一幕。我可能會忘記禮節，哈哈大笑起來。我的人生就是這麼沒有意義——我已經淪落到這種雞毛蒜皮的境地。

為了結束這單調乏味的時光，我可能會縱身跳進海裡。我的獲救（或者死亡，就看命運如何安排）可能會給同行的旅人帶來一些解脫。我敢說一樁差點溺水身亡的醜事，可能會加快我拋頭露面的過程。不過我很好奇，如果我獲救了，哪個傻子會是拯救我的英雄？誰會冒著生命危險來救我？而這樣一個傻得無庸置疑的英雄，是否會激勵另一個人為了救他，而繼續這永無止境的愚蠢行為？

要是能明確知道最終結果，我很想認真考慮這個計畫。即使最後可能是悲劇收場，這件事也可能讓我得到一個朋友——一個展現同情心的善良靈魂。

要不是這件事如此沉重，我可能會哈哈大笑。你瞧，同行的旅客已經選擇性地忘記了我也在這艘船上的事實。我得說，假如這不是我父親的船，他們根本不必假裝，我想他們一開始就不會讓我上船——如此強烈的諷刺令我憂慮。我真的早就應該習慣這種事情了。不論出於什麼原因，這種事依然總是令人痛苦。奇怪的是，有時候這些依然會讓我震驚，因為我從未預料它發生。我能說什麼呢？我是個心存希望的人。

因此，回到先前的話題，我必須說，海洋的單調不是我悲慘處境的唯一源頭。這只說對了一半。就像一顆註定朝太陽疾飛過去的彗星，我似乎又一次身陷自己造成的悲劇。似乎只有靠著大海的蔚藍色，或是它的廣袤無垠，讓我得以保持清醒。

〔自我提醒：三月二十七日寫下的附註。我需要在之後的日記裡反思這件事。〕自從踏上旅程後，我的夢中就再也沒出現黑影。

三月二十六日，星期二

新一天的黎明稍稍緩解了我的無精打采和悲傷。我很高興能以復甦的熱忱寫下有關蔚藍大海的壯麗，或者斜斜落下的滂沱大雨和微微閃動的火光。你瞧，前兩個星期，我對自己被排斥的狀況做出了反抗。

晚餐時間左右，我像其他淑女一樣為晚宴精心打扮，出現在餐桌邊。我一方面滿懷希望，一方面知道一切都是徒勞。我走進餐廳時，周遭瞬間安靜下來。我不知道該如何解釋，只能說我在餐桌邊的每一個人臉上都看到了拒絕。我感覺自己宛如一隻逃離籠子的異國動物，試圖想與飼養員並肩而坐。

這群動物園管理員只有在動物與他們保持安全距離時，才會去欣賞動物的異國之美，因為他們可以驅趕、可以讚嘆、可以嘲弄那些動物，不必擔心危險或被汙染。不過他們很快就恢復了過來。首先是布朗先生，他身上不合身的西裝讓他顯得更加瘦骨嶙峋。「看到您真是……真是太意外了，米勒小姐。」他吞吞吐吐地說道。

「真是榮幸呀。」我說。

或許是擔心布朗先生無法明確表現出這群彬彬有禮的人並不歡迎我，溫莎夫人立刻接話。她十分好心地提醒我或許沒留意到的事情。「哦，親愛的。」她說：「我想這邊的座位不夠。」

為了徹底斷絕我自認可能受邀請的念頭，她進一步提醒我，我與父親之間沒有血緣關係。我還能說什麼呢？她說的話一字不假。沒什麼好說了。我回到我的艙房。

每次遇到這種情況，大海的力量、那絕對的終點，總是格外吸引我。我真希望有什麼咒語或禱詞可以洗去我黝黑的膚色。假如我不是我，我的皮膚不是這麼黝黑，就不會有人擅自臆測我的過往。沒有人會只看我一眼，就猜測我的家庭是由瘟疫的病症、殘存的奴隸制度，或純粹就是生命的短暫所拼湊而成。

假如我不是我，他們就無法如此輕易地看出祖先傳承給我的悲劇。但我是黑人，這段歷史深深刻在我的血液中，烙印在我的皮膚上。我是奴隸和前奴隸的後代，奴隸的孩子，因為偶然和生命的短暫得以逃過被奴役的命運。

而這段歷史是如此簡短，直接從故事的中間開始，彷彿一個族群的歷史可以不必有個恰當的開頭，也不必有起源之地。然而，人們總是傾向忽略那些不容易解釋的細節。

同樣地，大英帝國也不愛提起自己在奴隸貿易激增中扮演的角色，但倒是很喜歡提醒別人自己在終結奴隸制度中扮演的角色。事情就是這樣——有些故事從中間開始，是因為沒人想聽開頭。故事可以迅速地草草帶過，因為沒有人想知道細節。有時候，只有結論才是最重要的。

如何解放一群人，或者為什麼**所有人都值得擁有自由的尊嚴**，故事可以這樣開始，而不必先說那些人為什麼需要解放。啊，但是每個孩子都會繼承父母的歷史。而這段歷史又繼承了全世界完整的歷史。先前發生的事情，會成為我們每一個人的負擔。所有發生過的事情，都以各種方式形塑了世界。我們都與更廣大的世界緊緊聯繫在一起，連結著世界的過去和後果。世界就是這個樣子——許許多多生命慢慢腐敗，成為歷史。我們無處可逃。

我的歷史早在開始以前就開始，但是溫莎夫人和她的朋友只講述了他們知道的過往。他們這番話跨越了應有的親密限度。儘管他們不認識我，但是也可以說他們認識我。他們可以說：「艾麗莎・米勒不是她父親的女兒。他是出於同情，將她從加勒比海的那場悲劇中拯救出來。他真是個善良的好人。」他們唯一要做的就是看著我，將我視為一個身上流著奴隸血液的人，而不是某人的女兒或一個女人。

這是真的。他們所看到的東西，都橫亙著我的存在。假如我站在帷幕後方引經據典，像家庭教師教我的那樣，流利地唱出濟慈和莎士比亞的哀歌，這些人可能會大方讚美我。假如我談到宇宙，像哥白尼、克卜勒和伽利略那樣解開宇宙的謎團，他們可能也會讚美我。但是如果帷幕落下，所有人都看到我的皮膚，他們是會讚美我，還是會認為我這種人居然敢染指這些瑰寶，因而決定拋棄這些被弄髒的寶藏？

我承認這些經常讓我耽溺其中的瑣事，餵養了我內心的憂鬱。但是隨著我們越來越接近非洲，我不得不開始思考自己對家鄉的追尋再次失敗的可能性。我必須問自己：誰會在非洲的海岸上等待我？我會看見魯德亞德・吉卜林筆下半魔鬼半孩童的野獸嗎？或者我會找到像我父親一樣的人，他們的財富取決於對土地的付出，以及土地能供給他們的一切？

我不想再次被打敗。我不想失敗。我打定主意，為了不讓這種情況發生，我必須先做出結論，那就是魯德亞德．吉卜林錯了。不這麼做的話，就等於是在木已成舟、命運揭曉之前，我就承認自己被打敗。我必須相信我的祖先是比奴隸更有知覺和感情的存在，他們和其他人一樣，也屬於達爾文提出的擁有共同起源的生命，只是因為需求或生存才演變出不同的方式。我必須相信這一點。

我與生俱來的膚色，這就是一個恩賜。我無法捨棄。我無法還給那個創造我的神靈。在我學習的過程中，我不能厭惡它。世界對它的厭惡已經夠多了。

因為這個簡單的理由，我的憂傷與疲憊竟然離開了我。我很高興能再次寫下蔚藍大海的壯麗，還有斜斜落下的滂沱大雨和微微閃動的火光。

三月二十八日，星期四

有鑑於我最近的思考，以及我在英格蘭和所有旅行過的地方經歷的一切，我得出一個有點不尋常的結論。我雖然說「不尋常」，但真正不尋常的是，我居然沒有更早得出這個結論。首先、也是最重要的一點是：我相信同船的旅客都認為，我比他們更不像英格蘭人。這是真的，他們沒說錯。畢竟我從來都不覺得英格蘭是我的家。但是儘管如此，那些人其實並不知道我這個想法。他們憑什麼能決定我的身分呢？

由於我一直無事可做，我立刻認定這是一場影響深遠的危機，我得盡速徹底地解決它。而在一切解決之後，我只能遺憾地說，成果並不令人興奮。我很失望，因為我發現分析其實毫無必要，因為將我引導到這裡的一連串事件是如此明顯，我要做的就是跟著顯而易見的線索前進，而事情是這樣的：

我昨天發現自己著迷於一朵形狀怪異的雲，我就是這麼寂寞。（我或許不該誇大其辭。值得一提的是，我的寂寞其實並不完整，因為安德斯船長出於對我父親的忠誠，一直和我維持算是友好的關係，愉快地與我談論他的母親，謙虛地說起他的父親。更棒的是，他不覺得有必要提起我的種族。平心而論他很不錯，但我還是不得不說，他的陪伴有限。他不敢強迫船上其他乘客與我互動，他的勇氣沒有延伸到堅持讓我與其他乘客共進晚餐這種簡單的事情上。我離題了。）

總而言之，這是個無聊的早上，我在甲板上漫步著。我停下來觀察雲朵的時候，突然發現自己不是獨自一人。「我可以加入嗎？女士？」一個男人說道。我以為他在跟別人說話，所以我環顧四周，結果看到他滿眼疑惑。事後他告訴我，當時他覺得很奇怪，因為我竟然懷疑他是否想和我交談。

「你不怕我的痲瘋病嗎？」我問道。他看起來更困惑了。我繼續說：「船上每個人都被警告我身上有病，所以他們都跟我保持距離，以保障他們的健康。」我想自己是朝他咧嘴笑了一下，而他也笑了。「我很歡迎你加入我……」我說著，伸出了我的手。

「尤利．伊凡諾夫。」他邊說邊握握我的手。「妳是艾麗莎．米勒小姐？」

「如果不是痲瘋病，大家是謠傳我生了什麼病？」

「只有妳的……呃……與眾不同。」他不大自在地清了清喉嚨。

「我想你是為了來親眼看看我有多奇特。」我說道，這番話顯然讓他第三次感到震驚。回過神後，他摘下帽子放在胸前，打算重新開始。「我無意冒犯。」他說：「我只是……呃……這要怎麼說呢？」他似乎對自己的口拙感到懊惱，他用俄羅斯帝國某地的方言說了幾個字，接著又變成法語，直到終於找出那個不斷閃躲的詞彙後：「妳受到……呃……很多討論，但是妳很難找。現在我知道，說妳得了痲瘋病是，呃……言過其實。妳話裡的火藥味才是我們該懼怕的。」說到最後一句話時，他嘗試露出笑容。

我的嘴角更上揚了。「你覺得哪個更可怕——痲瘋病還是火藥味？」

「火藥味。」他簡短地回答。

「那我會溫和一點。」

結束了一番客套後，我們在一張長椅坐下，簡短而坦率地交談，熱切聊起一些禮貌又熟悉的話題。和船長一樣，伊凡諾夫先生也開心地談論自己的父母，他說他們仍然懷抱著最堅定的愛國心，住在俄羅斯帝國。這個早晨的無聊乏味很快便散去。

隨著我和伊凡諾夫先生有禮貌地聊了更多話題，我注意到幾件事。首先，他說話時帶有濃烈的母語口音。其次，是每一句話中大部分的詞彙，他都需要解釋。儘管如此，我覺得他還是比我更像英格蘭人。我與他之間有什麼區別呢？

我問他：「你當英格蘭人多久了？」

他欣賞地望著海浪，久到我以為他不打算回答了。然後他簡短地回答：「不久，但太久了。」他不再說下去，我覺得再追問下去就是失禮。

儘管我對他還是感到好奇，但是我已經認定他是好人。他很平易近人，但我父母一定會在他身上找到需要糾正的錯誤。不是他明顯的口音或貧窮的家庭，而是其他的，例如他不尋常的政治思想。我傍晚遇到他的時候，他滔滔不絕地說起愛爾蘭獨立和俄羅斯不由君主統治的優勢。儘管這段對話的光彩被他破爛的英語搶了些鋒芒。「這要怎麼說呢？」他經常問。

我很願意試著說俄語，看看能不能加快對話的步調。或許他的政治思想並不是那麼怪異。人總是可以懷抱期待的。

我告訴他自己這趟旅程的目的時，他笑了。

「妳……呃……想要在妳父母從沒去過的地方，認識妳的根源？」

我又一次解釋這趟旅程為何如此必要。「對，我在西印度群島出生。」我說道：「但那裡從來不是我的家，我很小的時候就離開了。雖然我從那之後就成為英格蘭人，但是我當時已經了解自己的出身，英格蘭對我來說是異國，那裡也從來不是我的家。我想我會愛加勒比海，純粹是因為我在那裡出生，我的父母也在那裡出生和下葬。但是我也怨恨那裡，因為根據殖民主義的規則，牙買加是大英帝國的延伸。在大英帝國的統治下，我的父母生而為奴，又窮困潦倒地死去。而且，我在英格蘭也從來沒有感覺開心過，我沒辦法喜歡那裡。」我緊張地笑了笑。「聽起來很蠢，對吧？」

伊凡諾夫先生沒有回答，而是問了一個問題。「自從妳……成為英格蘭人後，妳去過西印度群島嗎？」

「去過。」我回答：「好幾次。我去過加勒比海每一座島嶼，但是大多時候都待在牙買加。」

伊凡諾夫先生點點頭。「妳去那裡是想得到什麼呢？」

他進一步闡述道，一個醫生殺死病人可能不是出於惡意，而是為了將病人從比醫生的行為更可惡的疾病中解放出來。那麼，他又一次問道，我的行為是出於什麼目的？我回到牙買加是希望得到什麼結果，而我這一趟到非洲也是希望達成同樣的目標嗎？

我給出了當時給父母的回答。「我不知道。」我說：「也許等我達成目標時，我就知道了。我的西印度群島之旅一無所獲，但是非洲——對於我這種人來說，它是一個搖籃，是一個合理的選擇。我覺得在抵達非洲之後，我終將會明白我該明白的事情。我現在一時說不清楚，但是我感覺自己已經靠近終點了。我已經走這麼遠，我不能失敗。」我看著他，緊張地笑了笑。我在他的眼神中尋找希望，我最終又問了他一次：「你覺得我是傻子，對吧？」

伊凡諾夫先生並沒有笑我，如我心裡所期待的。他反而說我很勇敢，接著露出微笑，終究說我是傻瓜。「但是有人告訴我，傻和勇敢是同一回事。」他帶著和善的表情說。

「我相信確實如此。」我回答。

他點了點頭，於是我們再次回到輕鬆客套的話題——談著將我們推向南方的海流、音樂之美、死亡和其他未知事物的謎團，還有非洲的吸引力。他滔滔不絕地說著自己身為博物學家經歷的各種經歷。一小時後，我已經忘了自己曾經想要縱身一躍跳進海裡。

〔部分內容遺失〕

〔確切日期未知〕

風變大了。船帆全部升起，行駛速度快了不少。令我又驚又喜的是，伊凡諾夫先生的英語也進步了許多。我們的對話從客套轉變成更不尋常的話題。他說話時遲疑的次數越來越少，能夠清晰表達自己獨樹一格的政治思想。

我也發現，不只是他的政治思想會引起旁人的震驚和刺耳的譏笑，他對於人類起源的見解更是有趣。根據他的看法，非洲猩猩能幫助我們了解伊甸園時代的人類，其他人提出的法國或亞洲猩猩的說法太荒謬了。他用手杖敲敲地面，然後指向東南方，非洲的西海岸。「世界就是從那裡開始。」他說道：「達爾文也是這麼說的。」

「所以世界是從非洲開始的，不是伊甸園？」我問道。

「伊甸園就是非洲。」

「你的同事對此有什麼看法？你的神父，或你深愛的父母呢？他們對非洲人亞當、非洲人夏娃有什麼看法？」

他反駁道，他的父母和神父都沒有檢查過絕種猩猩的骨頭，所以他們肯定無法給出精確的分析。他說，這趟旅程在某種程度上對所有人而言都是回家，因為我們都是從非洲出發，四散各地填滿世界每個角落。

他還說，普羅大眾的看法一點也不影響這個議題。真相是不需要證明的，真相就是真相。沒錯，有人會反對。一個人可以反對一個哲學思想，但是那套哲學思想不會因此失效，那只表示我們對世界的理解迥然不同，就如同這個世界也是由迥然不同的成分、不同的人類和不同的想法組成的。人類曾經長達幾百年都相信我們這個星系的中心是地球，而非太陽，但是那並不會改變事實，只表示我們需要哥白尼這樣的人啟蒙我們。某些人很容易就能發現真相，但並不是所有人都是如此。那也是一個真相，他說。

他指了指那越來越多，聚集在旁邊盯著我們看的人群。毫無疑問他們是在惋惜，因為像尤利·伊凡諾夫先生這樣，雖然有點古怪但有著大好前程的人，竟然身陷這種醜聞。以這些人為例，他說，他們想必已經編造了關於我們的故事，某些部分可能很接近真相——我們是兩個寂寞的旅人，受到對方的吸引。但是其他說法都與事實相去甚遠，我們說了什麼並不重要。在未來的日子裡，他們永遠都不會知道自己錯了。他們可能會用一些惡毒的話評論我們，也可能不會。他們可能會相信那些事情，而那些事情會一直糾纏我們。但另一方面，他們也可能會說我們的好話。

我很高興聽到他對非洲的看法。我或許不同意他說的每一句話（我對於這個主題還所知甚少），但是他的想法在在散發著奇妙的吸引力。假如發現所有人類真的都是從非洲分散出去的，這難道不是一件大事嗎？哦，但是我們為何要離開呢？是什麼將我們逐出非洲？我們為什麼得離開非洲，尋找新的避風港？

哦，這真的是耐人尋味！

〔部分內容遺失〕
〔確切日期未知〕

……母親給我的《聖經》。

插一句離題的話，我必須記得感謝一個名叫亞伯罕．凡澤爾的好人。這個荷蘭人似乎收了伊凡諾夫先生為徒，伊凡諾夫先生的發音和用詞日漸進步，都要歸功於這位老師。

他也是一個怪人，這個亞伯罕．凡澤爾。他提起南非和這趟旅程時，把它稱為「返鄉之旅」，但是就我對非洲人的理解，我不確定能否稱他為非洲人。他在阿姆斯特丹出生，他的父親是荷蘭人，母親是英格蘭人，但是他成年後一直住在好望角，在那裡從事葡萄酒釀造生意。他是南非公民。因此，儘管他的名字和出生的國家都與南非無關，但是他確實是南非人。按照伊凡諾夫先生的說法，凡澤爾先生是個勇敢的傻子。

只有在提到他說不清的身分背景時，凡澤爾先生才會露出微笑。「我屬於這個世界。」他會這樣說。此時此刻，夕陽在西邊的空中迸發奪目的光彩，我們必須欣賞它。「妳看。」凡澤爾先生摘下帽子，指著天空說道：「多麼神奇，金色的光點在某些地方輕輕褪去，在其他地方則顯得濃重，而那顆下沉的光球照亮了一切。」甚至連我都得承認，他這番對日落的分析完全是多餘且毫無必要。

幸運的是，就如我先前所提到的，我注意到他還有其他面向，使得像我這樣的人覺得他是個非常有意思的人。簡單來說，我嫉妒凡澤爾先生。他能夠以豐富的知識，娓娓道來他所承繼的歷史，而我連自己的族人究竟從何而來都不清楚。我只知道他們的祖先很有可能在西非，但是西非很大，太廣大了，以致於當歐洲各國在柏林開會瓜分西非的資源時，超過十二個新國家都來分一杯羹。

我的父母都是英格蘭人，如果有人強迫我這麼說，我可以多少看在他們的分上說我是。我從父母身上得到這一半的身分，那麼我身為大英帝國的子民，是不是能說奈及利亞、艾利斯群島、新南威爾斯，還有那些我只在書上看過的地方，都屬於我？

這種事情不會困擾凡澤爾先生，他很簡單就能屬於這個世界，這是他自己的選擇。我在想，他的自由是否來自他的膚色？那個我因為祖先的關係而被剝奪的膚色？如果是這樣，同樣的自由，也會因為我的出身而被剝奪嗎？但如果他的自由純粹是來自他的心境，那麼我也能夠實現，我也應該追尋。

這時伊凡諾夫先生出現了，我們停下了對日落的禮讚。「南非礦業與技術學校有駐校博物學家，是嗎？」他問。他要到那裡去，他希望那裡有博物學家的職缺。

不知道為什麼，但是我在那一瞬間理解了某些關於伊凡諾夫先生的事。他鮮少主動提起自己生活中的點滴，他說話時總是小心謹慎，我以為這是因為他英語說得不好，但是我現在明白了，他就是個小心謹慎的人。他先前說話結結巴巴，可能不只是限於語言能力，也可能是因為他只說想說的話，其他不想說的話則刻意隱藏起來。

他可能拋妻棄子在外旅行，而我卻不知道。我不覺得這件事有太大意義，但我開始把他當作朋友。在沒有人願意對我展現善意的時候，他對我表現出友好。對此我永遠感謝他。我知道這只是一件微不足道的小事，但是聽說他要去川斯瓦，而非我和凡澤爾先生要去的開普省時，我還是很難過。

〔部分內容遺失〕
〔確切日期未知〕

我與伊凡諾夫先生和凡澤爾先生的交情（或者說友誼），讓我想起不太愉快的回憶。首先，我從未談過戀愛——這不是想自我放縱或者誇大其辭。其次，就我所知，我的父母一直不認為我有機會成為新娘。我知道他們愛我，但其他人對我的態度都很冷漠，我父母知道這一點。但是我覺得他們都認為，等我成為女人，必須要結婚的時候，我的種族就不再重要了。

我不能怪他們太天真。畢竟，他們很喜歡跟我講古斯塔夫斯．瓦薩、費德列克．道格拉斯和哈麗特．塔布曼的故事——他們不只擺脫奴隸身分，還運用自己的思想改變世界。他們不只繼承歷史，也為歷史寫下新的篇章。小時候我不明白父母為什麼要告訴我這些故事，我覺得很沉重，彷彿他們不只期待我做自己，還要我掙脫出身背景的枷鎖，為我的自由據理力爭。我現在明白，他們可能是想讓我看到我能夠擁有的可能性。

在世界上，像瓦薩、道格拉斯和塔布曼那樣的人都往前更進一步——他們似乎毫無阻礙地就融入了上流社會，結婚生子。我成年之後才突然領悟自己還得做到一件事情，除了做我自己、讓這個世界變得更好之外，還有這麼一件事情。

與此同時，我的父母突然領悟，不會有幾個人認為我適合當妻子。而我自己幾年前就意識到了。我認識的黑人不多。我偶爾才會在城裡看見一個黑人男性，他可能是某個人的馬車伕或司機，或者是退伍軍人。但是馬車和汽車會離開，而軍人很有可能會到漁村去。

下一次我看到另一個黑人男性時，也無法確定是不是我之前看到的同一個人。所以我不得不再次承認，我母親說得對。假如我在英格蘭待得夠久，可能會認識一些沉默地存在於城市各處的黑人男女。或許我應該試試看。或許如此一來，我就能在英格蘭待下去。我永遠不會知道這一點。現在那已經不重要了。

我的重點是，我的父母還沒準備好面對這件事，也就是我可能不是**他們**想像中的那種理想的新娘。我就是在那時意識到，愛一個人就是受到詛咒，你會對他們的短處視而不見。我只能這樣解釋我父母的天真。而我早就已經做好失望的心理準備，方法就是不讓自己渴望找到一個願意娶我的男人，也不要渴望生孩子。我必須承認，我不覺得這種想法全然是悲劇。如果我不生孩子，就不會把我的膚色遺傳給他們。以一個無法解決的問題而言，這是無懈可擊的解決方法。

我明白自己在這個世界中的定位，但我的父母顯然不知道。我父親曾經試著與一位倫敦的大律師的兒子協商。他以給予大律師一半的經營權為條件，甚至願意在西印度群島買一棟房子給我和我的新婚丈夫。而最終結果是：我父親終於明白，只要新娘是我，再豐厚的嫁妝都會黯然失色，我母親心碎到了極點。

一年年過去，我越來越少與父親一起旅行。他說他已經沒有力氣了。為了避免自己淪為別人口中獨自旅行的老處女，我編造了一個謠言。我偷偷告訴女傭，說我曾經在西印度群島嫁給一個菸草商人，結果他因為肺癆去世。這個世界比較能接受我的寡婦身分，儘管我還是不得不說，當一個「寡婦」實在十分累人。有時如果遇到特別多愁善感的人，我就得被迫忍受對方滿溢的同情，而我自己也得展現出多餘的感性和惆悵。真是荒謬又無聊。

但是回到那些變化無常又不重要的事情——這些已經改變的事，就像是變色龍一樣將新的顏色收納進皮膚，變成了不該變成的樣子。當我看著凡澤爾先生，我有時會想：他為什麼如此吸引我？他為什麼可以毫無牽掛，連他混亂的身分認同都無法困擾他？

有時候我覺得自己對他的感覺很接近愛，或者至少接近萌芽的愛。當我在他身邊，我可以更自在地呼吸，他讓我忘記這個世界，有時候他會讓我也想愛這個世界。在那樣的時刻，他會讓我相信，因為他屬於這個世界，如此輕而易舉，所以我也可以。他讓我想愛我自己。我只希望自己知道如何不愛上他。如果這真的是愛的話。

愛上另一個人，是一種詛咒，是一種負擔，而我的肩上已經扛了太多令我困惑的事情。我的親生父母，以及他們在我生命中的分量。我的養父母，以及我究竟屬不屬於他們。關於我在這個世界的位置。關於那孕育了我的歷史。關於我對那些前奴隸的責任，他們跟我不一樣，他們窮困潦倒地生活在社會的邊緣。這趟旅程還有發生的一切，都令我感到困惑。我背負的太多了。如果在這堆積如山的困惑上，再放上一個本身就充滿謎團與矛盾的男人，那會是太過魯莽的行為。

啊，真是麻煩！

老實說，我獨自在自己的思緒中沉溺太久了。我開始陷入反覆又無意義的思考中。這不是愛。這不可能是愛。這只是單純的迷戀，但是我已經沉溺太久，所以說服自己相信這分感情一定比實際上更加深刻。我必須暫時擱筆不寫日記，享受與我這些奇怪朋友剩下的旅程。

我必須忘掉這個荒唐的想法。

四月十日，星期三

假如我又看到一朵形狀奇特的雲並讚美起來，凡澤爾先生會一如既往熱情地觀察那朵雲的每一個奇妙之處。「多迷人呀！真的太迷人了。」他會這樣說。

我會說：「的確。」

「妳看那邊。」他會指著天邊興奮喊道：「妳看那邊，看那朵雲如何滑進另一朵雲裡，變成完全不同的模樣。實在太迷人了！」這件無聊的事就這樣繼續進行下去。不過幸運的是，當天並沒有這樣一朵雲出現在天上。他渴望地凝視遠方，彷彿在試著從他心中，或者從海洋和天空一望無際的蔚藍中找到一段回憶。他嘆了口氣說道：「妳最近都不寫日記，也不再看海了。開始乏味了對吧——我們被禁閉在這艘船上的日子？」

原來在凡澤爾先生認識我之前，他就喜歡看我在甲板上散步，看著我記下我們遇到的奇景。所以我不再這麼做的時候，他就注意到了，而且不失禮貌地問我是不是出了什麼事。

我站在船尾，凝視著我們駛過的海平面。我們將海面踐踏得幾乎平坦——海浪短暫地屈服在船隻之下，不過海洋很快就恢復威力，又將海浪召了回來。某種海鳥在遠方發出高亢的哀鳴，哀嘆著海浪的短暫屈服，而海風變得越來越冷。

我對凡澤爾先生說道：「大自然的一切會不斷重複，海水一直在這裡，太陽也永遠會升起，而每一朵花，不論美不美，都從時間誕生之際就開始綻放。在某個不是此時此刻的時間和地點，另一個同樣愚蠢且無所事事的女人，會站在其他懸崖前讚嘆著，然後徒勞地記錄下這些事情有多麼罕見。對——」我點點頭，「我們被禁閉在這艘船上的日子變乏味了。」

凡澤爾先生站在我旁邊，跟我一樣徒勞地凝視著船隻駛過的海面。「我沒告訴過妳我初次走訪非洲的經歷，對吧？」他唐突地打斷了我們之間的沉默。

我搖搖頭。「是個快樂的故事嗎？」

「是個必須說的故事。」

「我很感興趣，凡澤爾先生。我從來沒有聽過一個新故事或舊故事是必須說的。」

他笑了起來，然後開口：「我當時還是個孩子。」他清了清喉嚨，將手伸進口袋，繼續說道：「妳記得我們剛認識時，我對妳說了什麼嗎？」

我像他一樣凝望遠方，迫切地搜尋這段回憶，我點點頭。「你說自己同時是英格蘭人、荷蘭人和非洲人。」

「妳覺得不可能同時擁有這三個身分？」

「我沒有資格對你的愛國心說三道四，凡澤爾先生。」

「妳怎麼會這麼說？」

我聳聳肩，希望表現出滿不在乎的樣子。我覺得不論我對他有什麼想法，像他希望的那樣直接說出來都不是明智的選擇。我只說：「你很幸運，能無拘無束地屬於這個世界是非常少見的，是一種天賦。」

「但是妳也覺得不可能，對不對？妳覺得這想法很天真，幾乎是一種幻想。」

「這重要嗎？」

他搖搖頭。「我不確定，對某些人來說很重要，對某些人來說不會。妳的話，是取決於妳怎麼看待我的故事。」

「必須說的故事。」我點點頭。「我越來越好奇了。」

他輕輕笑了笑。「是這樣的，我小時候跟父親去過一間博物館，我們在那裡看到很多東西，很多了不起的東西。那天參觀快結束的時候，我看到一個國王的頭顱放在玻璃罩內，我覺得從展示的方式來看是一種榮譽。雖然他死了，他的威嚴、流露出的英勇卻讓我深深著迷。

「我好奇他的人生，好奇他擁有的財富，以及雋刻在他王冠上的異國氣息。我問父親那個國王從哪裡來，我父親說是埃及。我接著問他埃及在哪，他說在非洲。所以當他和我母親陷入……陷入……」

我察覺到他的不自在，便開口說道：「這些事情很敏感，凡澤爾先生。如果你對某些事避而不談，我不會覺得失禮。」

他露出微笑。「謝謝妳。」他說：「但是這些事不能省略，當我父母陷入婚姻最艱難的那幾年，我母親悄悄安排了前往非洲的旅程，在某天晚上偷偷把我帶走。她把我從父親身邊帶走，以此懲罰他。我是他唯一的兒子，唯一的繼承人。我相信她也希望將我拉攏到她那邊，等他們這樁婚姻中的醜事了結後，她還能有個家。所以我們偷偷前往埃及，在那裡讚嘆法老的成就和他們的陵寢。

「我看著金字塔的時候明白了一件事，我當時看到的國王並沒有將死亡視為結束，而是其他樣子。假如你將死亡視為結束，是不會投入這麼多心力打造陵寢的。一切都是徒勞。不論他死後看見了什麼，那一定是更偉大的事物，因為國王是見過世面的人。但是僅僅幾百年後，卻有人認為應該將他從通往永恆的起點移走，將他封在玻璃中，引來人群目睹他的靈肉分離。他從未抵達他苦心追尋的天堂。」凡澤爾先生臉上那一抹舒心的笑容消失了，取而代之的是帶著強烈悔恨的酸楚。

「我為此感到心碎。」他繼續說：「但我只是個孩子，我的心痛很短暫，旅途打斷了我的悲傷。我們從埃及出發，走遍非洲大陸其他地方。我們在廷巴克圖落腳，一窺那裡遠近馳名的種種謎團；接著持續向南移動，經過剛果，在那裡與大猩猩打了照面。

「接著繼續往南，穿過生機盎然的塞倫蓋堤大草原，在那裡，世界往地平線一望無際地延伸出去，一直到達遠方那些我想不起名字的地方，甚至延伸到納米比沙漠古銅色的沙丘，沙漠與海洋如同老友一般問候彼此的地方。在非洲熾熱的陽光下，我們四處遊歷，走遍各地，直到我們走到盡頭，到了那個兩片海洋交會，從海中誕生出一座山的地方。」

凡澤爾先生突兀地結束了他充滿韻律感的故事，我正沉醉在他編織出的文字中，因而突然驚醒過來。我發現自己想念他渾厚的嗓音，他說話時豐沛的熱情，以及他話語中的詩意和戲劇性。我想像他正在朗誦一齣悲劇中最重要的獨白，敦促自己克服恐慌或是口拙的缺點。他似乎正在回味最鍾愛的回記憶，拚了命想忠實傳達出來。那瞬間，我的心因此跳得很快。

「妳知道古代的原住民為它取了個不一樣的名字嗎？」他突然開口說道。

「你說桌山嗎？」

「對，我聽一個自詡為詩人的男子說的，他們以前稱之為『霍列瑞克法果』，意思是海洋之山。不知道為什麼，我居然沒想到原住民對桌山可能另有稱呼。」他嘆了一口氣。「妳知道他們有個傳說，是和經常覆蓋在山頂的雲幕有關嗎？」

我搖搖頭。「不知道。」

「是有這麼一個傳說，但是那些人後來被迫離開。在前往新家園——遠離桌山的新家園的路上，他們遺失了這個傳說，或者是藏起來不讓入侵者知道。我認識的人都不記得，沒有人願意告訴我。」

「傳說就此永遠消失。」我喃喃說道。

「我不太想這麼認為。」凡澤爾先生說道：「但是妳或許沒說錯。」

「真難過。」

「對，不過開普馬來人自有一個傳說。」

我露出微笑。「一群受到奴役的人說的故事，我想聽聽看。」凡澤爾先生也露出開朗的微笑，一雙綠色眼眸閃耀著光彩。「因為說故事的人背景各有不同，所以細節會不太一樣，這是自然的。不過，每一個關於桌山的傳說核心都差不多：那片雲幕是來自魔鬼和一個隱退海盜凡亨克斯船長的賭局。撒旦和那個罪人曾經像神靈一樣坐在山上，比賽誰能抽最多菸。一直到現在，他們呼出的煙還會像雲一樣出現。」

「沒有一方贏下這個賭局嗎？」

「一個是魔鬼本人，一個是隱退的盜賊。」凡澤爾先生輕笑著說道：「就算他們有一點點誠信可言，我也不覺得他們會多光明磊落。」

「所以賭局就永遠持續下去？」

「噢，是的。」凡澤爾先生點著頭說。「看起來像徒勞的命運對吧？」

「感覺像一件毫無必要的無聊瑣事。」我說道：「永遠跟敵人困在一起，抽菸抽到菸斗飄出的煙霧讓世界遺忘了他們。你的故事真是太無恥又嚇人了，凡澤爾先生。你還有其他故事嗎？」

他又輕輕笑著開口說道：「這個嘛，確實有一個，是關於遺棄之地的幽靈。」

「幽靈？」

「沒錯，據說有個男孩受到欺騙，使用痲瘋病人吹過的笛子演奏，男孩從此成了痲瘋病人。他躲在樹林裡度過餘生，只有音樂能帶走他的悲傷，而他最後在樹林裡死去。時至今日，傍晚來臨時，還是能在微風中聽見縈繞不去的笛聲，如呢喃一般穿透山坡上的樹林。」他拍了一下手，我忍不住跳起來，他哈哈大笑，放肆地咧嘴。「我嚇到妳了？」他說。

我猛力搖頭。「你真是差勁，凡澤爾先生。」

「故事脫離我的掌控了。」他仍然在笑。「我很抱歉。」他慢慢恢復嚴肅的樣子，繼續說：「我想說的是，米勒小姐，每一個人都有故事可以說，妳遇見的每一個人都有。從這一點來看，每一個地方都一樣。每一個地方都有心臟。每一個地方都是活的。」

他說他愛開普敦。他愛開普敦的人。他愛他們的故事、神話和奇妙。畢竟還有誰能看著從海中凸出的巨大石頭，就立刻得出結論，認為那顆大石頭是鬼也是神、是孩子也是虛無、既只是一座山，又是他們世界中一切美妙的象徵？除了開普敦的人，還有誰能做到？

他接著又說了一些話，他說完之後，我別無選擇，只能愛上他。他是這麼說的：人們之所以屬於一個地方，可以是因為在那裡誕生，在那裡被奴役，或者是借了那個地方。我們與一個地方緊緊聯繫在一起的方式並不重要，因為我們每個人都會留下印記，就像呼喊聲消失後留下的回音，或是風雕刻出來的裂口。我們都會留下一片自己的心。那一片心穿越時間的洪流訴說主人的故事，捍衛著過往也揭示了過往。開普敦就是這樣，他說道。那座城市就像一個母親，她的孩子是遊蕩在世界各地的靈魂。他們因為迷路而前往那裡，不過一旦進入這個碗狀的城市，他們就離不開了。

沒錯，山脈高聳入雲、海浪兇猛拍打海岸、美麗的花朵綻放，這都是稀鬆平常的事情——生命會在陳腔濫調和不斷重複的循環中前進，這很稀鬆平常。這是自然的徵兆，永垂不朽、永垂不朽。但是開普敦接納了被奴役和借用這片土地的人，也接納了以他人為奴的人。它無法排除任何一個人，或者說它不願意排除。如果開普敦接納了不是在這片土地上出生的人，例如他自己，那麼它一定會愛著像我這樣的人。

簡而言之，這就是那個怪人亞伯罕・凡澤爾先生對我說的話。

我看著他朝向我的側臉，他的左臉。從他繃緊的下頷來看，他可能緊緊咬著牙，眼睛則直直盯著前方，我猜他其實並沒有在看什麼。我馬上得出了結論：我愛他，要不然我的心跳怎麼會那麼快？我也得出另一個結論，就是我永遠不會如此純粹又明確地愛上其他人。在不認識我的人看來，這可能很衝動。而我如此簡單地認定自己愛上一個人，沒有吟詩歌頌或神魂顛倒，就是單純地認定我愛他，似乎又顯得太冷靜。

對，我確實認為他很天真。他沒有見識過世界上更殘酷的現實。他的人生讓他更容易屬於這個世界，並且引以為傲。我生活的世界與他的世界不一樣。我不能說他是傻瓜，也不能埋怨他的天真，因為他生活在自己的現實裡。但是我必須愛他，我永遠不必向他解釋自己，也不必向他訴說我的悲劇，在這樣的情況下，我要怎麼不愛上他呢？正是因為他天真，所以我不必天真；他可以說出很簡單的道理，讓我覺得毫無負擔。我知道一座城市無法愛我。但是我怎麼能不愛他？

我母親曾經告訴我，她遇見我父親時，就知道他們的人生會緊緊交織在一起。她說她無法預測兩人的人生會如何交織，也無法在初次見面時就判斷出自己會愛上他。但是她感覺命運彷彿在耳邊告訴了她一個祕密；溫柔地、安靜地揭露了一些關於她的未成形的未來——於是，她的當下便隨著一種超越時間的共鳴展開了。

我母親這短暫的超越時間的經驗，是我能給自己最合理的解釋。即使我很困惑，我也知道自己正在一件我不太理解的事情邊緣。這令我害怕，令我卻步。我不想敞開心房，我不想讓自己心碎。那失去至親的海鳥此刻又開始哀鳴，牠發出高亢悠遠的叫聲，不斷、不斷呼喊至親的懷抱。風聲尖銳詭異，颳得比以往更冷，將凌亂的髮絲吹進我們的眼睛裡，將我們包裹在寒氣中，同時讓我們對彼此毫無保留。

我感到希望和夢想都在我伸手可及之處，輕觸著我的指尖。但是我太害怕，不敢伸手去抓，因為如果我抓了，那希望和夢想就會從我指尖溜走。風依然尖銳而怪異地呼嘯著，彷彿承載著命運的智慧，彷彿溫柔地揭露我的未來中某些無法形容的真相。風呼喚了我的名字，令我昏昏欲睡。那陣風讓我深深陷入這一刻，而我感覺……我感覺自己別無選擇，只能接受，因為這件事我已經做過無數次，之後一定還會做無數次。

但那只是一個幻想，是我疲憊的內心羅織的騙局。風不會說話。風不會預知命運，也不會揭露命運。我讓自己從愚蠢的想法中清醒過來，然後說道：「謝謝你講了這些故事，凡澤爾先生。我可以用一個自己的故事報答你嗎？」

他露出微笑。「樂意之至。」他說。

「是這樣的，我小時候，俄羅斯流感在全世界蔓延，我父親也被感染。」我開始說：「他知道自己快死了，就把我叫到他跟前，告訴我天空之神的孩子的故事。故事是這樣的。」

艾麗莎・米勒小姐的日記：一九一三年

五月一日，星期四

我敢說，我母親一定以為我寫給她的信，是為了引起她所謂「最好別滿足的好奇心」。她不斷問起非洲炎熱的氣候，即使我告訴她這裡已經邁入冬天了，她仍然繼續抱怨。她在最近一封信裡寫道：

「歐布萊恩先生告訴我們，那裡有永無止境而且無所不在的瘟疫——那些昆蟲還沒被命名；聽說被其中一種蟲咬一口就可能就會死，或者發生更糟的事。他對其他旅程的描述都是有理有據，非常真實，親愛的。所以沒有理由質疑他，也不需要測試他的說法，那些都很可靠的。那惡名昭彰又殘忍，據傳會加劇瘟疫的炎熱氣候，沒有讓妳想回家嗎？艾麗莎？已經超過妳說要回家的時間了，妳父親非常地想念妳。」

她的每一封信都充斥著擔憂，還有其他沒說出口的事情。一切都指向她認為我懷抱著愚蠢的希望。「妳確定這個男人想跟妳結婚嗎？」她只問了這個問題。我父親也表露同樣的擔憂，不過他表現得更隱晦，說得更小心翼翼。

他寫道：「我打聽了這位亞伯罕．凡澤爾先生的事，據我聽到的消息，他沒有什麼壞名聲。他似乎是個可敬的人，寶貝。我敢說妳母親會同意。如果妳想要得到我的允許，那麼妳已經得到了。但是妳要知道，身為妳父親，我有義務過問他對妳的心意。

「在我認識他，並且完全相信他對你的心意之前，我必須盡可能努力履行這項職責，同時不破壞妳即將到來的婚禮。我希望妳在這件事情上相信我，就像妳其他時候對我的信任。還有，親愛的，請妳信寫得勤快一點。妳母親很擔心。」

他們一如往常急於揭露對方過度誇張的痛苦，卻無法承認自己的痛苦。不過那都不重要，因為他們會過來。他們已經登上**黑天鵝號**。那是一艘速度很快的船，在好天氣和船長高超技術的保證下，我不到兩個星期就可以迎接父母的到來。

我猜測母親會淋漓盡致地扮演一位對婚事稍有微詞的家長，她會希望有人對她好言相勸，勸她接納伯罕。她會想找到可以改正的缺點、可以擔心和埋怨的事情，然後輕描淡寫地把這些當作過程中最不重要的事情。當然，我也會淋漓盡致地演叛逆又癡情的新娘角色。我得小心不要做得太過火，因為我已經超過適合這些把戲的年紀了。但有些傳統還是得遵循，就算只遵循其中幾項。而且我一直希望有人像這樣，因為一些不重要的小事而為我操心。

等她終於接受我對伯罕的一片真心，更重要的是接受他對我的真心後，我預計母親會完全接管婚禮籌備過程。雖然我這麼說，但說是婚禮真的太高估了。我們確實會舉辦儀式，但是一點也不豪華，一點也不傳統。我父母不介意規模小巧的婚禮；他們自己的婚禮就不是多盛大，至少我聽說的是這樣。我父親是突然發跡的暴發戶，而我母親是窮農夫的女兒。他們結婚的時候，上流社會並不祝福。

但是我知道他們會很高興。這是他們開始認為永遠不會迎來的勝利。我知道他們也會難過，因為我和伯罕要在這裡定居。我會遠離他們身邊，他們會心碎。但是我在這裡是快樂的，我真的很快樂。

〈日記內容遺失〉

〈確切日期未知〉

……尤利寄給我的書。我很好奇他對革命的看法。那樣務實嗎？這個新世界能維持下去嗎？王權的時代真的要結束了嗎？

不論如何，我和伯罕都打算在明年某個時間前往印度的蠻荒之地。之後，他想要走訪南非北方的部落。他對住在南羅德西亞邊界的族群十分著迷。他提到雨族女王、幽靈之山，還有更奇怪的東西。他說，那裡有魔法。

我們坐在葡萄園附近的一棵垂柳樹下。正午的陽光刺眼地閃耀著，毫不留情地照向大地。陽光穿越樹頂傾瀉而下，我時不時會看見他的眼睛閃閃發亮。一陣微風隨著我們聽不見的節奏吹來，對著圍繞我們起舞的葉片竊竊私語。在這些他的幸福大過不幸的時刻，我很慶幸能記起他最真實的樣子。

他溫柔地摩娑我的手。假如有人要求我，我可以說出當時開的每一朵花的顏色；每一隻飛過的鳥唱出的歌，以及飄浮在雲霧中、在地平線上滑行的高地山脈是多麼雄偉。

他給予我的比他自己想的還要多，他給我這一切，還失去了他的家人。雖然程度各有不同，但是他們都堅信伯罕發瘋了，而且病得不輕。他們認為我就是其中一個症狀。他們選擇的解藥是與他避不見面。他沒有一個親友答應乘船過來參加婚禮。他的大姊原本可能會過來，但是她丈夫似乎認為她如果出席就是在羞辱他。

至於他的父母，他母親恰好在這個時刻回想起在溫荷克的時候，有個非洲男人差點偷走她的錢包。他的父親也突然因為這件事而感到焦慮，因此他也回想起一件很久以前發生在他身上（而且很模糊的），與非洲人有關的罪行。或許諷刺的是，我們即將結婚的消息可能會修補伯罕父母長年以來的惡劣關係。我不禁為此感動。這是個如此曲折的故事，能有這樣出人意表的結局也挺合適的。

伯罕唯一剩下的朋友，是一個名叫約翰尼斯．堯伯特的人，我和他有過一面之緣。就連他似乎也對和我成為「姻親」感到不快，但是他和伯罕的家人不一樣，他人就在開普敦。因此他不能假裝自己生病所以無法遠渡重洋過來，或者假裝自己有一場必須出席的要事。此外當然，伊凡諾夫先生也會來。

我知道這讓伯罕很難過——突然發現自己失去了所有自以為牢不可破的聯繫。這讓他心碎，讓我感到恐懼，我現在開始像母親那樣懷疑：他真的想跟我結婚嗎？

跟我結婚，會讓他離開那個他驕傲地宣稱自己擁有的世界。他正站在十字路口，必須選擇其中一條路。選擇一條就是拋棄另外一條，放棄他在那條路上能擁有的一切。這對他而言並不容易；他和我不一樣，他沒有因為屢遭拒絕而變成鐵石心腸。他沒有嚐過註定會失望的苦澀滋味。而現在，他必須讓自己適應心痛、幻滅和幾近孤立的狀態——他雖然只有二十七歲，但是對於適應這種事來說，已經年紀太大、太遲了。

我們是同病相憐。我現在也在我的旅途上遇到危機。我知道在我的新家南非，種族和階級是根據地理環境、殖民地和其他因素劃分的。我想一個人必須旅行到世界上其他國家，才能斷定這件事確實為真。但是就我所知，至少在加勒比海、大不列顛、美洲大多數地方和非洲南部都是如此。

事實上，在我父親的長工眼中，我是主人的女兒。我的種族讓他們很困惑，不過他們最終也都習慣了。我變成了一個例外，人們用有所保留的禮貌態度、用冷淡的輕蔑態度對待我。而在南非，我是完全不同的種族。我是黑人，所以人們一看到我，馬上就會認為我是非洲人，我的父母肯定都是當地人。但是當我一開口，馬上就表明了自己截然不同。假如再把我的階級考慮進去，我就會與絕大多數的南非原住民更加遙遠。

所以我重新評估後，認定我是個沒有家的人。更準確來說，正如同我告訴伊凡諾夫先生那樣的，英格蘭和牙買加都不是我的家。現在回想起來，牙買加算是我的家，但是我小時候並不這樣覺得。當地有一些對非洲的傳聞——一個我們有些人做夢都不敢想的遙遠土地。那裡似乎是個神祕的地方，住滿了與我相似的、有著黝黑皮膚和面孔的人，而且他們都帶著我所缺乏的驕傲昂首闊步。他們口中的這個非洲，是我的歸屬。非洲不只是一個夢，不只是一個地方，非洲是天堂。

一個奴隸死去後，他的靈魂會回到非洲，因為那是我們的歸屬。他的靈魂抵達非洲後，就會在靈界受到祖先的歡迎。靈魂受到歡迎後，就會等待其他奴隸的靈魂到來，好讓他們也一起受到返鄉的歡迎。每個靈魂都要履行這個職責，一遍又一遍，直到重生成更純潔的靈魂，因為生命是一條涓流，永無止境地流進無數個軀殼裡。如此一來，過世的母親就能回來成為你的孩子，迷失的奴隸就能挽救受盡虐待的人生。但是靈魂必須先回到非洲，必須在非洲受到洗滌，必須在那裡碰觸到樂園、家鄉、天堂。而非洲就是天堂。

我父親曾夢想活著回到非洲，他就能謝謝那些耐心等待他的祖先。他想說：「謝謝祢們在我母親祈求時，沒有將我帶走。我的人生過得很好，但是我需要一個新名字，我不想再當二十五了。我需要新的靈魂。」

而他還沒回去就離世了，只有他的靈魂回到非洲，他的身體被埋葬在遙遠的地方。雖然他沒有遺留這個夢想給我，我還是繼承了。我夢想著回到非洲，我夢想活著回到非洲，我夢想著回來，彷彿被偷走的是我，不是我的祖先。我從沒想過要去非洲的哪一個地方，哪個慷慨的國家會收留一個孤兒。

由此來看，我想牙買加一定是我的家。畢竟那是我出生的地方，而那不正是愛國心最有力的根源嗎？不論答案為何，我都知道自己無法像我的養父那樣擁有加勒比海群島，無法擁有土地、無法擁有房產，甚至無法擁有我的名字。但是我天真地想像著，我可以擁有非洲。非洲賜予我膚色，還給了我農場監工口中那與生俱來的野蠻、缺乏文化和服從。那些我明白的事物，非洲給予我的一切，隨著時間流逝，非洲跨越重洋伸出手，將我標記為她的所有物。

比起其他特徵，那個印記讓我更加格格不入。其他人會先將我視為非洲人，再將我視為同類人，或者永遠不會把我當作同伴。若要以非洲為歸屬，就表示我不能再屬於世界上其他地方，或任何一個地方。所以我經常聽到有人說「回到叢林去」，因為對其他人而言，非洲不是夢想或天堂，非洲是叢林，只是一個地方。

對我而言，非洲只是另一個不屬於我，我也不屬於那裡的地方。我無法如同其他人一般說自己擁有非洲：我沒有非洲的歷史、非洲的家人，或者完整的身分。除此之外，那些從來沒有被偷走的非洲人，他們的歸屬故事聽起來比我的耳語鏗鏘有力——他們擁有非洲的方式與伯罕和他的夥伴不同。

我從自己的不滿得出的結論是，對他們來說，以半吊子的方式歸屬於一個地方是無法令人滿意的。他們注定要反抗，要重新擁有他們所熟悉的非洲。而且，英格蘭人和荷蘭人也肯定發現了他們無法在這裡維持統治權。在我與當地人交朋友，學習他們不為人知的歷史，並忘記我曾經從書上所學一切的同時，我好像開始明白伊凡諾夫先生所謂的愛爾蘭獨立的優點。我無法接受魯德亞德．吉卜林主張的殖民者的仁慈。我在每一個短暫又不甘願地收留我的地方，都見證了殖民者的虛偽。

艾麗莎・凡澤爾夫人的日記：一九二七年

三月三十日，星期三

我已經著手整理這裡的東西，為這趟可能展開的旅程收拾東西時，我發現這本從一九一二年寫到一九一五年的日記。這段時間是從我離開英格蘭起，直到我和伯罕認識葛洛莉亞的時光。我從來沒有把日記寫完過，但是基於某種原因，我在一九一六年開始寫一本新的日記。

我不能說世界大戰造成的迷惘和焦慮，是害我變得健忘的罪魁禍首，因為我似乎在一九一七年輕率地捲入了另一場戰爭，兩本日記中都沒有解釋這突如其來的轉變。有可能只是因為我弄丟日記，直到現在才找到。那很有可能，因為我一直在四處尋找一九一二年之前寫的日記，我似乎也不小心把那幾本弄丟了。真令人擔心，這似乎已然成為我的習慣——為故事起了頭卻不寫完。我唯一該做的正確的事就是結束這一本，寫完這本日記。這似乎很適合為我在這裡的日子劃下句點。

我四處翻找時發現了其他東西，在我來非洲時打包的行李的最下層，我找到一本小時候母親送我的《聖經》。《聖經》和其他舊東西一起埋在最下面，像是天空之神的孩子的故事草稿。

我記得那個故事——我一直想要擴寫。而這本《聖經》是如此老舊，我早已將其拋諸腦後，發現我自己竟然有一本時，我著實嚇了一跳。有鑑於父母從小教育我成為虔誠的信徒，我在這些舊東西裡挖掘時，找到被我埋藏已久的神，是再正確不過的事。

我捧著那本《聖經》，突然意識到自己已經離開英格蘭十四年了，青春早已悄悄溜走。現在因為種種失敗和逼近中年而感到憤怒的我，忍不住思忖：時間到哪裡去了呢？我的人生究竟達成了什麼？

回首一個人的人生，發現幾乎沒有什麼可以挽回的事情，這並不容易。我來到這裡，寫下這本日記的時候，我有這麼多想法、這麼多幹勁，懷抱這麼多希望。我真不敢相信自己曾經有這些簡單的夢想，像是到印度旅行、見見日本武士、找到一個家，還有找到非洲——天堂。

啊，天堂！那真是個稍縱即逝的夢想，我才剛碰觸到就消失無蹤，我瞧了一眼就蒸發了，像是傳聞中的魅影。我太容易滿足了。光是那個滋味就足以哄騙我，時光就這樣消逝，直到一本《聖經》嘲笑我，將我拉回現實。我為什麼不一路到西非去？天堂肯定在那裡，不是嗎？我必須走過那幾英里的距離，才能抓住天堂，即便只有一瞬間。當然，只要我撐得夠久，一年年的時光就會流逝得更慢、更溫柔，時間也不會感覺如此沉重。

不論如何，伯罕覺得我們應該離開南非。牙買加、英格蘭、蘇聯……他說我想去哪裡，我們就去哪裡。我們可以去拜訪尤利，看看新的俄羅斯一定很有意思。我只要說出目的地，我們就啟航。我終於可以到西非……我或許可以完成我起頭的另一件事情，那樣可真是件很了不起的事。

但是從另一方面來說，這難道不會又是一次徒勞的行動嗎？西非各國難道不是也被它們自己的殖民歷史困擾著嗎？如果我去了那裡，我會感覺像是回家嗎？我的非洲認同問題遠比我的膚色更為複雜。我已經在這方面受過考驗，而且證明我錯了。所以，如果我現在去西非，會是回家嗎？

這實在令人沮喪，因為歐洲已經完全拒絕我，正如我也完全拒絕他們，我不能自稱為英格蘭人。但是非洲也不認同我，這表示我也不能當非洲人，不論是在這片大陸的南邊或西邊。假設，像我這樣一個膚色黝黑如炭，卻熟知歐洲人生活方式的女人，都無法找到一群能完全接納我的人，那我黑白混血的孩子會有什麼樣的命運？我無法屬於其他地方，因為這個地方在我的血液裡。但是我也不屬於這裡，因為我的血統不夠純粹。

假設，像我這樣一個膚色黝黑如炭，卻熟知歐洲人生活方式的女人，都必須在種種矛盾之間擺盪，我的孩子會發生什麼事？她們只繼承了父親一半的血統。她們會發生什麼事？

這個世界上有許多地方是她們必須待下、必須存在、必須前往的，但更重要的是，世界上還有許多她們不能去的地方。大城市、小地方……這些地方四散在世界上，而這兩個小女孩必須學習和記住所有規矩。

我的膚色詛咒了她們，我讓她們成了我這個膚色的逃犯。我自私地將她們帶來這個世界，這個世界充滿了坐在會議室裡決定誰能當這個、誰不能當那個的人，他們隨心所欲支配全世界，包括南非。這個國家非常複雜，難以理解。然而引領我們過來的基本原因是如此顯而易見，連一個孩子都能提出合理的分析。我不能說自己是這方面的專家，但是我敢說，比較強勢的文明總是會用同一套策略，進一步削弱那些弱勢的社會。整個過程可以從田地這種簡單的東西開始，代表一種生活方式的田地，單純的田地。葛洛莉亞曾經告訴過我這件事。

一切都從不再屬於族人的田地開始。於是族人只能離開，四散各地以餵飽自己。因此田地荒廢，族人開始演變，他們變得太好了，於是現在必須走進一群人坐下來決定事情的會議室。於是奪走田地這件事也必須產生變化，必須奪走其他事物。

所以那些四散各地的人，那些剛抵達會議室的人的自我認知，這簡單的東西必須被奪走。這不就是第一個人蓋會議室的原因嗎？奪走田地不就是要預防這件事嗎？不過，這並不重要，因為一切都能夠解決。畢竟演變的基礎就在於對錯誤的依賴，對追求完美的堅持，還有剝削他們以阻撓任何意料之外和不想看到的結果。假設族人又繼續發展，又會有其他事物被奪走，一遍又一遍地被奪走，一直持續下去。

伯罕說我們不必擔心，因為我們已經結婚了，還有文件可以證明。他說《違背道德法案》只是國會草率的嘗試，內容實在太抽象了，根本不會影響我們的生活。我覺得並非如此，你可以指責南非政府做過的暴行，但是絕對不能說他們草率。他們是個全面又周密的組織，而一個讓人民不痛不癢的抽象法案是不存在的。他肯定也心存懷疑，因為得知法案通過時，他跟我一樣慌亂。他應該知道，奪走一片田地如此簡單的事情，最後可能會演變成一個女人被放逐到社會邊緣的荒地，畢竟那就是我們認識葛洛莉亞的原因。

所以這只是開頭，只是某個更龐大事件的基礎。而這件事的起點，有可能只像是一片田地這麼單純。接著開始翻滾、纏繞、演變，直到有一天，一個女孩出生在她無法成為公民的國家。

或許我還能用我們已經結婚這件事來安慰自己。我可以著手整理這裡的東西，告別這個地方。奇怪的是，我還沒意識到自己已經開始把這裡當作家。而我不得不說，我對於現在要離開感到傷心。

四月六日，星期三

晚上下起了雨。似乎連上天都在哀悼我酸楚的人生。風讓空氣中充滿寒意，天色昏暗。但是我必須坐在這棵垂柳樹下，才能平復我的悲傷。

現在風變得越來越冷，越來越多烏雲聚集。我不是一個會在大自然的巧合中尋找意義的女人，但是似乎至少有那麼一瞬間，我的心情隨著風稍縱即逝的堅定搖擺、飄浮、消退又重新浮現，而世界是因為我哭泣而哭泣，因為我讓世界聽命於我。

自從找到這本日記後，我就深陷其中不能自拔。不只如此，我還得重新思考一些前塵往事。這既是祝福也是詛咒。從某方面來說，我不再信任自己的記憶，所以這本日記幫助很大。舉例而言，那段黑天鵝號上的時光與我的回憶是截然不同的。在我記憶中，初遇伯罕的場景完全不一樣；我不記得大半我們說過的話，我記得的不是簡化的說法就是扭曲的版本。

另一方面，我內心充滿愧疚，因為我遺忘的事太多了。我似乎怨恨伯罕太久了；久到我已經忘了自己有多愛他。我想說，我怨恨他是因為他在這裡享受著自由，而我無法擁有那自由。我想指責他變得殘忍，因為那能讓我更容易繼續怨恨他。我想指責他背叛我。我想說許多事，但是我說不出口，因為全都不是真的。我不知道是怎麼發生的，這段婚姻進行到某個階段時，我開始怨恨他。

我們漸行漸遠，我不知道如何再自在地與他相處。其實我想說的不是這個，但是我只能這樣解釋我的感受。不得不說，我的回憶已經被時間和我的種種失敗汙染。

我很感激能夠找回這些思緒，這讓我內心稍感平靜。我現在必須做的事情似乎變得容易了一點，這對不認識我的人而言似乎顯得很無情或隨便，但是我知道自己已經走到最遠的距離了。我已經撐了很久、很久，但是我累了。伯罕曾經讓我寬心，但是我現在累了。

我已經成為他的負擔。他甚至聽信謠言。他認為我跟尤利有染，背叛了我們的婚姻。雖然我沒做這件事，我還是想乞求他的原諒，因為我覺得自己必須為某一樁罪行懺悔，任何罪行都好，是什麼罪一點都不重要。我會乞求，而伯罕會原諒我。他總是會原諒我，他總會。

但是這個吞噬我的疾病不會讓我如願。在我短暫清醒的時刻，我可以毫無阻礙地愛著伯罕，但是很快黑暗就會吞噬我的心智，甚至我的笑容。黑暗會一直吃一直吃，還會荼毒他的心靈。他會再次恨我，而這股恨意會再次讓我瀕臨瘋狂。隨著時間流逝，我的悲傷會一點一滴滲入我的心臟，他的愛會消逝、重新綻放，然後消逝。我們的悲劇就這樣持續下去。

我無法為我的女兒卸下膚色造成的重擔，但是我必須讓她們免於承受這件事——這件我不得不做的事。我不能丟下她們。她們會被世界拒於門外。她們可以撐過一場悲劇，但是無法同時承受兩起。

我感到心碎，因為我不想變得軟弱，但是侵占我心靈的黑暗越來越大。它種下新的種子，加以滋養。然後重新生長的種子再次展開一連串的攻擊。噢，這太令我害怕了：這種為了活而活的狀態。我的徒勞如此快速地流進黑暗之中，日以繼夜地流動，深入我的肌膚，直到什麼都不剩。不認識我的人，可以輕易推測我做出決定的前提就像死亡本身那樣簡單。但事實是我並不想死。我只是不想再痛下去，我想休息。

母親曾經告訴我，自殺是不可饒恕的罪孽。我經過長時間的思考後，我決定親自讀一讀那段文字。突然之間，我這本老舊的《聖經》有了用途。我尋找譴責自殺的那個段落，幾個小時後，我才突然意識到，自己從來沒有好好欣賞過《聖經》細緻縝密的文字。它的內容太過龐大，我發現要找到那個段落實在是太累人（也不可能）。

我也試著找出譴責離婚的段落，但是又過了毫無收穫的兩小時後，我得出的結論是在年紀輕輕時就拋棄信仰，是比我想像中更嚴重的錯誤。因此，再無興致的我，開始沉浸於一本被我丟棄的舊日記。

我一直希望把這幾年來寫的日記交給我的父母，讓他們知道我怎麼走到這一步。但是我已經下定決心，我身上這久得不自然的不幸，必須在這裡隨著我的死亡結束。我必須帶著不幸一起走。我必須盡可能帶走一切。

還有其他事情占據了我的心思：我試著回想起父親的臉，他的聲音，他在臨終之際告訴我的故事，只有雄偉的太陽能媲美的燦爛笑容，在光線下閃閃發光的黝黑肌膚，他瘸了的左腿，他走向農園時微微拱起的背，他身上揮之不去的汗味——甚至是平凡的小事，我都試著回想起來。他微笑的時候眼角會出現細紋，一方面是因為年紀，一方面是因為在烈日下曝曬。我想，這些事情是一切的起點。但是這些事情，時光卻讓我一點一滴地遺忘。

〈四月六日星期三日記的附註〉

葛洛莉亞今天問了我一個很怪的問題。她問我已故的雙親過世時，是否有什麼未完成的事。「或者祖母、祖父，或者家族中的任何人。」她說。我告訴她我毫無頭緒，她若有所思地點點頭，咬了咬下唇，接著就回到廚房。

我以為她只是好奇，但是現在回想起來，她剛來這裡工作時，有時候會問這種奇怪的問題，像是我有沒有想過以哪一個祖母的名字為女兒取名。

總而言之，我一整天都在想這件事，然後我突然發現，我父親從未遵守諾言告訴我其他故事，而且他也從未來過非洲。不過在我看來，這並不像是沒完成的事，而更像是我父親從來沒有機會做的事，就像我始終沒有機會見到日本武士，或者去西非。

現在仔細想來，最困擾我的是，上一次夢見那些影子手和影子蛇的時候，就是在我離開英格蘭之前。在那之後，我做過其他嚇人的夢（例如一隻有狂犬病的狗，或有蟒蛇把我吞下去），就像我其他的夢境一樣，它們會反覆出現。但那個充滿黑影的夢，我最後一次夢見，是在一九一二年一月到三月二十七日之間，我在這本日記裡寫下這件事。有趣的是，我和伯罕結婚時，我以為他會是我的解藥，我現在才發現自己是多麼天真，錯得多麼離譜。

這感覺很傻，但是我現在開始好奇，答應跟孩子說故事卻食言，或者是想要回到祖先的土地卻沒有成功，如此單純的事情，會不會強烈到糾纏後代子孫。我來到這裡後，是不是在無意間繼承了什麼比我所理解的更加深奧的事情？我是不是實現了某種宇宙命運，連我都沒察覺自己被這種命運支配？還有，假如我實現了一個命運，就能合理假設我可能無法實現另一個命運。老實說，這非常嚇人。當我開始順著這些方向思考時，感覺全身都冒起雞皮疙瘩。

我不知道這一切代表什麼，但是此刻我在終點，我覺得必須了解夢境為何開始，又是從何時開始，為什麼不再夢到，那又是什麼意思。喔，我真希望可以和伯罕談這些事情。

如果能找到早幾年的日記，會非常有幫助。如此一來我就能從頭開始，看看是否有什麼我遺漏的事情。我自己的未竟之事。

黑色小書

艾麗莎的日記戛然而止。唐突、不完整，不祥的預言徘徊不去。

亞伯罕認為應該把這些文字原封不動地保存在過去。艾麗莎也存在於過去，但是正如同非洲留在她身上的印記，她的毒與美與香氣蔓延開來，穿越時間碰觸到了他。她就像是拒絕離開他的鬼魂，像是他所知的任何療法都無法治癒的疾病。時間顯然無法治療，因為時間已經加速追趕上他。他無法改變早已發生的命運，也無法改變時間的順序。他只是一個平凡人。

她即便死了，還是想把她的恐懼散播到他身上。她想讓他染上自己的反覆無常。現在他餘生都得好奇，她沒有完成的事情是什麼，還有她無意間釋放出來的惡毒詛咒。哦，艾麗莎，她為何不能在自己的墓裡好好安息？她成功地造成了破壞和混亂，她就不能放過他嗎？

她有一段時間很喜歡和他分享自己的童年，她提到讓她的肌膚浸泡在汗水中的燠熱夏天，提到過熟的芒果，還有撒在父親給她的一點點食物中的異國香料的味道。「我想相信自己當時很開心。」她這麼說：「我想相信我沒有夢見那些事。」但是一切風雲變色，最後她連夢境的細節這麼簡單的事情，都無法與他分享，她把一切都埋在心底，直到她別無選擇，只能跟糾纏她的黑影成為朋友。

這本黑色小書將她所有的委屈和不滿交織在一起，因此他讀完第一遍之後，覺得自己被排山倒海而來的後悔淹沒。他想著，**我的人生變成什麼樣子了**？他渴望牆壁能回應他的呼喚，能以平靜的存在擁抱他，然後反駁艾麗莎筆下充滿悲劇氣息的徒勞命運的故事。但是，唉，牆壁並沒有如他所願，他的呼喊是沉默的，而整個房間放滿了約翰尼斯年輕時收集的紀念品。

這裡沒有悲痛的容身之處，自憐或後悔都不會有任何結果。他闔上日記。

天空之神的孩子

第五部

馬魯拉

太陽已經過了正午的最高峰。為了維持體面，亞伯罕終於從床上起身。他走到窗邊往外看，看見一棵摩魯拉樹正在落葉，並掉下最後幾顆果實。

蒂朵和其他孩子到河邊玩了，那裡顯然有調皮的猴子可以看。河邊沒有什麼吸引人的神祕東西時，蒂朵和她的朋友，他們是名叫賈斯蒂和馬雷卡的農家男孩，喜歡坐在摩魯拉樹下收集掉下來的果實。果實很甜，蒂朵說她想不到比這更多汁甘甜的東西。

約瑟芬娜曾告訴過他們，果實經過發酵和蒸餾之後，就能釀成酒。「那種酒叫什麼？」亞伯罕問。答案有兩個。阿非利加語稱之為馬魯艾拉蒸餾酒，在約瑟芬娜的語言中則是截然不同的名字（但是亞伯罕忘了）。她露出靦腆的微笑看著自己的手，彷彿她那裡有什麼奇妙的景象在展開。「果實成熟之後，我會為堯伯特老爺釀酒。」她用阿非利加語說道：「如果先生喜歡，我也可以為您釀造，我會叫孩子們收集果實。」她恭敬地屈了一下右膝，然後立刻回去繼續手邊的家務。

從那天之後，孩子們每天早上都在撿馬魯拉果並裝進籃子裡。蒂朵顯然不知道果實釀造出來的飲料含有酒精，她告訴亞伯罕：「我們必須請約瑟芬娜小姐教我們做。我會採更多果實帶在身上，這樣一來，我們不管到哪裡都可以喝了。」

亞伯罕笑了。「那跟葡萄酒一樣。」他說：「小孩子不能喝。」

蒂朵的臉因為思考而皺了起來。「約瑟芬娜小姐跟你一樣，對不對？」她說：「只是她不賣酒，而是送給她愛的人。我們要不要叫她賣酒？這樣她就不必和丈夫一起住在小茅草屋裡了。」

「對。」他回道，用笑容帶過他無法對蒂朵說的事，例如約瑟芬娜小姐那微乎其微的創業機率，以免傷了她的心。

天真無邪的蒂朵蹦蹦跳跳往樹下跑去，在開始工作前大啖甜美的果實。亞伯罕走到樹下，撿起一顆掉在地上的綠色馬魯拉果實。比起熟透的黃色果實，他更喜歡這種苦澀的綠色果實。果實裡有果核。根據他所學到的，果肉吃完後，果核會放在太陽下曬乾。到了冬天，他們會敲開果核收集種子，或者種植更多果樹，或是保存起來，或者孩子們會在地上挖洞，用果核玩遊戲——把果核放在洞裡挪來挪去，像是在棋盤上玩西洋棋那樣，至少亞伯罕是這麼猜想的。

他蹲下來，撿起還沒被遺忘而腐爛的果實。他完全沉浸於這件事，沒看見約瑟芬娜走過來。

「午安，凡澤爾先生。」她打了聲招呼。

雖然她的聲音一如往常輕柔，動作也十分輕巧，她的出現還是讓他嚇了一跳。「午安，約瑟芬娜。」他站起身。

「要把您的午餐拿過來嗎？」

「謝謝妳，約瑟芬娜，不需要。」

「需要我等一會兒再拿來嗎？」

「好，謝謝。」

他本以為她會像往常一樣，向他打過招呼或送來食物之後就離開，讓他繼續享受空閒時光。但是她沒有這樣做，她搓著手左顧右盼，然後說道：「需要我去問問堯伯特老爺是否想找您過去嗎？」

亞伯罕對她露出微笑，她想必是感受到他在約翰尼斯身邊的不自在，從她搖頭的樣子來看，他猜測她正在責備自己唐突地坦承與雇主有關的事情。

「川斯瓦北部沒有什麼好東西，先生。」她突然開口說道：「沒人會到這裡來，大家都會離開。他們會到約翰尼斯堡去，據說那裡滿地都是金子。他們會到開普和納塔爾去看海。他們會從這裡往北走，到烏干達、到其他地方。他們都會離開，這裡不是旅人會來的地方。我們留在這裡的人，只了解牛隻和田地，還有我們收穫的一切。

「所以堯伯特老爺才要收集這麼多書，我沒有天賦，沒辦法讀懂這麼多語言，但是我知道，書本上的故事和活生生的人的故事不一樣。您是活生生的人，然後……先生，有時候最好還是從活生生的人身上知道關於世界的事。我可以去問問他嗎？如果您想要找他陪您的話？」

「不了，謝謝妳，約瑟芬娜。」他說。

她恢復百依百順的樣子，低下頭，又習慣性地搓了搓手。「我得回去做家務了。」她轉身準備離去。

「我能問妳一件事嗎？」亞伯罕攔下她。

「可以，先生。」她轉身回來面向他。

「妳知不知道約翰他……」亞伯罕突然之間不知道該怎麼說。他不知道該如何問出這個問題，同時又不揭露約翰尼斯的祕密——如果那還是祕密的話。他清清喉嚨，花了一點時間釐清思緒。「他追求過附近農場的女士嗎？」

這是兩人認識後的第一次，約瑟芬娜直直望著亞伯罕的眼睛。她的眼神充滿慌亂，緊抿著雙唇，彷彿想靠意志吞下擺在兩人面前的祕密。他本可以告訴她這不重要——她可以離開；但是如此一來，他的內心就會困在艾麗莎最討厭的永遠無知的狀態中，所以他決定讓兩人之間的沉默自然結束。

約瑟芬娜一直站在樹蔭邊緣，為了回答他的問題，她捨棄溫暖的陽光，站得離他更近一些。樹枝時不時地擺過來又盪過去，樹葉也隨之搖動，拋棄安全的樹枝，飄落到地面上的時候，有些葉片落得很溫柔，有些則宛如命定般墜落。

約瑟芬娜開口：「就我所知，先生，沒有這種感情關係。」

「那麼妳也知道，是約翰自己選擇孤僻的生活。我知道妳是好意，約瑟芬娜，妳想將他從妳認為的寂寞中拯救出來，但是那並不是寂寞。約翰的心被他自己的恨意占據了。他痛恨所有事、所有人。他痛恨自己，就算是不該恨的時候也恨。他不敢放棄自己的怨恨，因為他害怕自己變得不像個男人。要愛這樣一個人並不容易，約瑟芬娜，像他那樣永遠沉湎在自己的苦澀中。」

「或許是如此。」約瑟芬娜露出缺了牙齒的笑容，雖然她年事已高，但看起來還是像一個孩子。她靦腆的舉止讓這種感覺更明顯，她因為右耳聽不見而把頭微微向左傾的樣子，讓她看起來總是充滿好奇。

她繼續說：「但是，先生，這裡不是旅人會來的地方。我在這裡長大，只能從收穫的作物記錄一年年的時光。甚至連敵人都變成了朋友。我們在日出和日落時都會見面，冬天時我們會對彼此說：『哦，空氣太冰、太冰、太冰了。』起風的時候，我們會對彼此說：『哦，風好強、好強。』

「你一輩子都痛恨著一張臉，但是隔天早上你就會想尋找那張臉，對他說：『哦，土壤好乾。熱氣和塵土讓我的皮膚喘不過氣，我告訴你——那汙染了我的血。我們需要雨水，我們現在就需要雨水。』某一天，當你看到那張臉，你內心深處就會知道你再也無法恨他了。在這種地方，敵人會變成朋友。如果他們不在了，你一早起來就會發現再也無法向別人抱怨，他們在你心中會越來越有分量。要恨一個人並不容易——像他那樣永遠沉湎在自己的苦澀中。」

她聳聳肩，也許是向她無法解釋的徒勞投降，接著她不自在地笑了起來。「這裡是我的家，先生。即便我不想，我還是得愛這片土地。我沒有其他家，這裡就是我的歸屬。如果這裡的人沉湎在苦澀之中，我們都會感覺到，因為那會毒害我們每一個人。」

她眼中的光彩黯淡下來，歲月的皺褶吞沒了她的笑容。她的臉上突然出現一抹悲傷。有那麼一瞬間，她令他想起艾麗莎。「我得回去做家務了，先生。」她說道。

「可以的話，約瑟芬娜，請妳去看看堯伯特老爺想不想要我去找他。」亞伯罕說道。

「我會的，先生。」她轉身準備離開。「我會的。」

隨著太陽朝西邊徐徐滑行，亞伯罕終於決定他最好修修鬍子，打理一下自己，把艾麗莎的日記放進行李箱底部。

獵戶奧利翁被地平線吞沒

假如說約翰尼斯·堯伯特十分吝嗇，不願原諒那些他認為冒犯了他的人，就太低估他的固執了。這個男人覺得自己做的每件事都是對的。在亞伯罕看來，時光讓他漸漸陷入某種憤恨不平的殉道者心態。「你的土地賣得很順利，老朋友。」約翰尼斯說道：「你很快就自由了。」

當然，那不是真的。亞伯罕懷疑自己或許永遠都無法斷開與開普敦的連結，他已經以開普敦為家二十年，蒂朵在那裡出生，艾蜜莉亞也是，儘管艾麗莎後來痛恨那裡，那也是她的家。不過，出於禮貌，他還是往後靠向椅子，啜了口茶，說道：「這個艾弗瑞德·亞倫·德帕斯，他想繼續經營釀酒事業，他想重建宅邸。」

「沒錯。」約翰尼斯說，停下來抽了一口菸斗。「我必須說，把你的財產全部交給原住民保管，真是很魯莽的作法。德帕斯先生可能會在溫荷克多待一點時間，天曉得你的長工會引起什麼騷亂。」

「我相信我的人。」亞伯罕說道。

「你當然相信。」約翰尼斯說道，揮開眼前的煙霧。「總之，」他咳了咳，「這樣永無止境地等下去，你不累嗎？」

「不會，我知道可能會花很長時間，我最擔心的是自己被抓到，我一直坐立難安。」他又啜了一口茶。這是約瑟芬娜一段時間前拿過來的，或許已經放太久了，他暗自思忖。在亞伯罕聽約翰尼斯興致勃勃地談起他廣大的番茄園有多麼壯觀時，茶已經涼了。這種茶混合了多種路易波斯茶葉，約瑟芬娜向他保證，無論在香氣和口感上，這都絕對與開普的路易波斯茶葉截然不同。他很高興地發現約瑟芬娜說得一點也沒錯，但是約翰尼斯不喜歡喝茶，因此亞伯罕只能獨自與這一大壺茶奮鬥，出於禮貌，他認為自己非喝完不可。

他發現自己有時候能靠著喝茶來釐清思緒，或許這就是約瑟芬娜堅持讓他嚐嚐味道的原因。他想打包在旅途上喝的話，他最好先嚐嚐，她是這麼說的。他喝點茶潤潤喉之後說道：「你知道，約翰，我們的疏遠打從一開始就很不幸，你不覺得該結束了嗎？我來找你時，是個失去了一切信念的人，而你儘管與我信念不同，還是接納了我。光憑這一點，不就能證明我們長年以來的敵意都是不必要的嗎？」

約翰尼斯沒有馬上回答，隨之而來的沉默被兩個人都說不出口的話填滿了。這種沉默如此熟悉，漫長而令人不安，交織著期待。亞伯罕認為時機已經成熟，他可以離開這場對話，回到他的房間。蒂朵想必已經從河邊回來，他想聽聽她愉快的故事。「約翰。」他喝下最後一口茶，將茶杯和杯碟放在桌上，開口說道：「我得回去找女兒了，晚安。」

「不、不。」約翰尼斯說，一邊舉起沒拿菸斗的那隻手，「坐下，拜託。我無意冒犯，只是被你嚇了一跳。」

亞伯罕坐下來，不過他發現自己和約翰尼斯無話可說，所以他讓平靜的沉默、黃昏和茶將他推進一種心滿意足的狀態，那是一種受到歡迎的感覺。打從他發現艾麗莎日記的那一刻起，他滿腦子都是她的想法、愧疚的心情，還有其他深深刺進他內心的事。

約翰尼斯突然打斷了這平靜的狀態。「你能忍受一下我的無禮嗎？老朋友？」他問。

亞伯罕露出微笑：「問吧，約翰。」

約翰尼斯凝視遠方，遠方的天空仍然因為夕陽的照耀而十分明亮。夕陽餘暉之下，一名牧牛人正在將一群牛趕回家。那個人非常瘦，沒穿上衣，右手舉著牧牛杖，指引牛隻往他想要的方向前進。

逐漸走近的牧牛人和牛群掀起了漫天塵土，一頭、兩頭、三頭，越來越多頭牛發出低沉的叫聲，脖子上的鈴鐺隨著牠們的步伐叮噹作響，牠們的聲音就是日落之歌。很快地，夕陽沉到牧牛人身後，他抹去額頭的汗水，大步走回家好喝點東西解渴，至少亞伯罕是這麼猜想的。「牛群要走多遠去吃草？」他問約翰尼斯。

「沃特，那個牧牛人，會帶牛群到湖泊附近的草原。」

「你覺得哪一個比較好管理，牲畜還是番茄園？」

約翰尼斯重重嘆了一口氣，暗示他的回答。「這裡沒有一件事是容易的。」他說：「有夏季雨多的好年，也有乾旱年，不過好年似乎總是比較短。乾旱年提醒我們，除了暑氣和塵土，沒有其他東西活得下來。**你**熱愛你的釀酒事業嗎？」

亞伯罕繼續盯著沃特的步伐：他接著在岔路轉彎，遠離主屋，走上那條通往僕人房的路。他吹了一聲口哨，呼喚著不受控的牛隻的名字，再揮舞手中的牧牛杖，牛群便隨著他轉彎，引領主人回家。

「我喜歡聽長工說的故事。」亞伯罕說道：「我喜歡美麗的田地。葡萄酒本身沒什麼特別的，比不上大康斯坦夏酒莊釀造的酒，但是我曾經希望可以傳承給女兒，希望她們在得到時間的歷練後，懷抱對經商更大的熱忱來改良葡萄酒。我在財務方面很擅長，儘管我不能宣稱我熱愛**那些**，那是必要的，不是我所愛的。」

「但你還是繼續做。」

「就像你們待在這個充斥暑氣和塵土的地方，大家都是如此。」

「或許我們該去約翰尼斯堡挖金礦。」

「那裡光是噪音就會把我們逼瘋。」

「或許吧，但是我們現在只能這樣過下去，什麼都不會知道。」

亞伯罕說：「我做得到。」

「請原諒我的無禮，伯罕，我能問問你為什麼不跟艾麗莎離婚嗎？你這些年為什麼能忍受她的酸言酸語？」

此時，沃特和他的牛群已經消失在路的盡頭。他們留下的唯一線索，就是揚起的塵土和踩過的足跡。塵土在黃昏的光線中起舞，就像是最後一抹陽光正慢慢死去和褪色，又憑著不顧一切的殺力閃動最後的光彩。亞伯罕覺得眼前的景象變得十分乏味，他終於開口回答：「我愛她。」

雖然不長，但是她有一段時間愛著兩個女兒。有一段時間，她會站在星空下，對著夜色哈哈大笑。她那時候告訴他：**這不是我想要的樣子**。亞伯罕感覺眼裡的淚水越來越多。

「我愛她。」他又說一遍。

約翰尼斯轉身翻動著座位旁邊抽屜裡的東西，他轉回來時，手上拿著一包密封的菸草。他倒光菸斗裡的灰燼，把剛剛拿出的新鮮菸草塞進去，一邊咳嗽一邊用顫抖的手點燃。「那她呢？」他抽著菸斗問道：「她沒離開的理由是什麼？」

「她可以跟我離婚，沒錯。或許她想離婚，但是她離婚後能去哪裡？」

傍晚的黑暗籠罩兩人，不過亞伯罕還是看得出沉思占據了約翰尼斯的雙眼。「你們兩個分不開。」

「對。」亞伯罕說。當然，不只是如此。艾麗莎的悲傷像疾病一樣。她的悲傷會循環，就像四季更迭，就像月亮的陰晴圓缺。今天的她很快樂，手舞足蹈。明天的她會拒絕離開漆黑的房間。所以亞伯罕也在循環中愛著她、恨著她。她困在自己的錯亂之中，也是既愛他又恨他。當他這樣思考時，就會比較容易理解她。他應該這麼告訴約翰尼斯，但是那些事屬於他和艾麗莎，甚至也屬於蒂朵，她的膚色和內心，還有一本書背燒毀的黑色小書，都承載了她母親的痛苦。這些事不能與約翰尼斯分享，它們太神聖了，會被約翰尼斯的恨意汙染。

敲門聲響起，約瑟芬娜提著燈走進來，將燈放在窗台上。「您的晚餐準備好了，老爺。」她說：「您的也是，先生。」

「謝謝妳，約瑟芬娜。」兩人說道。

「蒂朵回來了嗎？」亞伯罕問她。

「是的，先生，剛回來。」她恭敬地微微屈膝，離開房間。

「好的。」約翰尼斯起身，他抽出口中的菸斗舉了起來。「我想明天還會有另一封電報寄來，整件事都會在這星期結束。我敢打賭，你可以按照原定時間離開。如果沒別的事，伯罕，我得去用餐了。」

亞伯罕也站起身來，說道：「感謝你幫忙，約翰。」便往廚房走去。

「爸爸！」蒂朵一看見他便大喊道：「你又變英俊了。」

亞伯罕輕輕笑起來。「妳這麼想嗎？」

「對。」她露出微笑。她的皮膚上出現東一塊、西一塊的深色痕跡，他意識到那是泥巴和塵土。她經常滿身是泥地回家，亞伯罕經常得連哄帶騙地帶她去洗澡，因為她吃完晚餐後很快就會睡著，而她每次都會央求他：「拜託，爸爸，讓我小睡一下，我醒來就會去洗澡。」

「請妳吃完飯直接去洗澡。」亞伯罕說道：「不然水就冷了。」他坐在她身旁，一邊搔她的胳肢窩一邊說：「冷水會扎妳的皮膚，扎在這裡和那裡，這裡還有那裡，妳就會凍成一塊冰塊。」

蒂朵忍不住哈哈大笑，一邊扭來扭去保護自己，躲到他碰不到的地方。她因為大笑而沒辦法好好閃躲，所以亞伯罕找到更多可以搔癢的地方，讓她停不下來地瘋狂大笑。「拜託，爸爸，拜託住手！」她說：「我會去洗澡，我保證。」

「好。」他一邊說，一邊伸手去拿約瑟芬娜幫他排好的餐具。「但是如果妳沒遵守諾言，我會在妳睡覺時給妳搔癢。」

「你才不會。」

「妳要挑戰我嗎？」他沒有成功藏住臉上的笑容，還有聲音中的笑意。

她露出大大的笑容，幾乎露出每一顆牙齒，然後搖搖頭。「不要。」

「很好。說說妳今天做了什麼。」

她開始滔滔不絕地說起瑪沫拉碧，傳說中既是魚也是一個女人的水之女神。

「像美人魚一樣？」亞伯罕問道。

「對，但是瑪沫拉碧住在河裡，不是海裡。她有很多孩子，但是她的孩子都被偷走了。

她總是在尋找孩子，如果她看到像是水的東西，看到房子有好像是沒有上漆的鐵皮屋頂，在陽光照射下閃閃發光，瑪沫拉碧就會摧毀那棟房子，因為她認為房子裡的人偷了她的孩子，藏在其他水域……」

他繼續聽蒂朵說著故事，故事的主角從瑪沫拉碧變成一個叫姆夫庫杜的怪物，他長得高大蒼白，被他抓走的人會從此銷聲匿跡。蒂朵接著說起一個悲劇故事，主角是年輕女孩和她叛逆的妹妹，但是亞伯罕想不起來她們的名字。故事一個接一個說下去，只有蒂朵能這樣毫不費力地拋下前一個故事，流暢地轉換到下一個故事。

她的話語一如既往地流動，環環相扣，不遵守任何句法和標點符號，無拘無束。她說的每一句話都像一個拉得長長的單字，只有在需要喘口氣的時候才會停頓。她也許跟她母親一樣，認為那些聽她說話的人總有聽夠的一刻，所以要把握機會牢牢抓住聽眾的注意力。

亞伯罕繼續聽著，她轉述的傳說故事都巧妙地融入了她的想像力。「全部都很吸引人。」她停頓了一下，確認他還在聽。「我來說說瑪沫拉碧還有什麼能力。」

他點點頭，她的雙手和目光轉向眼前的食物，然後堅持在繼續介紹她所知的瑪沫拉碧之前，她絕對必須先告訴他幾種辨別可食用蝗蟲的方法。

她說：「河邊有一個蟻丘，那不是真的蟻丘，但那裡到處都是白蟻。賈斯蒂說那附近可以找到最美味的蝗蟲，我們明天要到那裡去，他會教我抓蝗蟲的方法。他說很簡單，他還說自己會抓猴子。他騙人，連馬雷卡都抓不到猴子，馬雷卡可是個飛毛腿。」她意識到自己已經太疲倦，沒辦法繼續說下去，再加上她呵欠連連，她便說道：「爸爸，我想我累了，我得去洗澡。我們可以明天繼續說嗎？」

「就我所知，故事不會放到壞掉的。」

「我保證不會忘記還沒跟你說的故事。」她滑下椅子，在亞伯罕的臉頰上親了一下，蹦蹦跳跳地準備去洗澡。「晚安！」她喊，小小的身影消失在廚房門後方。

「晚安。」

亞伯罕被獨自留在沉默之中，藏身於黑暗角落的蟋蟀不時鳴叫幾聲，打破這片沉默。他興致勃勃地享用這頓烤雞和馬鈴薯晚餐，他吃完後走到屋外，躲在附近的貓頭鷹發出的叫聲，還有遠方閃爍的星星不時打攪這片黑暗。四季更迭，世界又開始運轉，星星隨著地球的轉動升起和落下。

亞伯罕站在摩魯拉樹旁邊，看著和聽著夜晚的一切。它們在陰影中甦醒。它們會嗡嗡作響，聲聲嚎叫，唱出它們的悲慘、它們的悲慘和愉悅和祕密。它們會膽怯地匍匐、潛行、躲藏，然後再次唱起夜晚之歌。星星還高掛在天上閃爍，月亮從地平線升起又從地平線落下，緊緊追隨太陽的腳步，但是月光無法暴露匍匐、潛行、躲藏的一切。

煙霧從僕人的茅草屋裊裊升起，香料、根莖植物和鍋裡其他食物的香氣飄散開來。亞伯罕很好奇，那些工人是不是也會聆聽夜晚的萬物，然後聽見一首歌，或者他們絲毫不關心這些微不足道的謎團。

這對他沒有差別。他想要抓住竄過這片土地的情緒和節奏。他想要吸收這片土地的祕密——那些祕密被一絲不苟地編織進時間永恆的倖存者中，被賜予和奪走，又再次賜予這片土地上的後代。他閉上眼睛，聽見一頭還沒睡著的牛脖子上的鈴鐺輕輕作響，聽見一個女人呼喚孩子吃飯，聽見每一個倖存者為追尋目標而撲動飛竄的聲音。

人生的徵兆，從年少時期開始迴盪的記憶，都是很簡單的事。那些事很美、很短暫，從他身邊悄悄溜走。他的思緒回到艾麗莎的日記。他覺得自己被她重傷。他真的恨她。但是那些焦黑和墨水暈開的書頁沒有說的（那些故事也被奪走她的大火奪走），是他愛她。即使到了最後，他依然愛她，但是她不在了，他無法告訴她這些話。她不在了。

在夜色與孤獨的掩護下，亞伯罕沒有阻止淚水從眼中撲簌落下。他閉上眼睛，雙手舉向天空。「原諒我，艾麗莎。」他喃喃自語：「這不是我想要的樣子。」

他淚如泉湧，淚水傾瀉而下，不願意多等一分鐘，又熱又鹹的眼淚沖刷著他的臉。有那麼一瞬間，超過一下心跳的時間，他站在那棵樹旁邊，讓眼淚從淌血的心中流乾。

他感受到痛苦、痛苦，還有更多痛苦。他的心繼續淌血、淌血，流出更多血。一切彷彿沒有盡頭，亞伯罕試著抓住那些從他身邊溜走的青春年華，而它們躲開了。它們不留痕跡地拂過夜色，逃離他的記憶——隨著煙霧裊裊上升，隨著匍匐、潛行和躲藏之物悄然離去，離開他伸手可及之處。

他抓不到，他無法回想，也無法將它們放在衣物和文件下，一起帶著踏上旅程。所以他深深吸一口氣，感覺到眼淚不會再流下來了，他把手收回來，擦掉那眼淚瀑布留下的最後幾滴水。有一瞬間他覺得有人看著他。他四下張望，卻沒發現任何人影。他的心跳加快，他再次環顧四周時，看到蒂朵站在他的房間門口。

她朝他跑去，把她抱了起來，用手臂緊緊環住她。雖然她很累，將她的頭埋在他的頸窩中打著呵欠，她卻沒有睡著。

他們靜靜地望著夜色，看著獵戶奧利翁被地平線吞沒，看著南十字星宣布寒冷的月分即將到來。隨著時間越來越晚，空氣也變得越來越冰，亞伯罕放下女兒，然後握住她的手，兩個人一起走回又髒又小的房間，讓疲憊的筋骨好好休息。

雨族女王的故事

伯罕和女孩站在窗前，約翰尼斯可是費了一番苦心，才將送給女孩的禮物準備齊全：一件白襯衫、一件外套，還有一條與她的膚色相稱的長褲。要不是他認識她，他可能會以為她是男孩。他走進房間的時候，她緊張地露出微笑，但笑容還是很好看。「早安。」他說。

伯罕和女孩異口同聲地回應他的招呼，伯罕隨後開始表達自己的感謝，並向他道別：「就如大家所說的，這就是結束了。你是真正的朋友，約翰，絕對是真正的朋友，我們必須感謝你，然後就得出發了。」

約翰尼斯突然很想抽菸斗。他走向抽屜將菸斗拿出來，一如往常充滿耐心地點燃。他感到兩位客人都緊緊盯著他，或許是出於尊敬，也或許是厭惡。不管是哪一種，他都不在乎，他只想要第一口菸那舒暢的感覺。心滿意足後，他對伯罕說：「我很高興能幫上忙，老朋友。我想那條跨越邊境的路已經安排好了，那個人會等你過去。」

「沒錯。」伯罕說道：「修女們和葛洛莉亞幫了大忙，當然你也幫了大忙。」

「我想你已經決定要去哪了。」

「還沒。」他用手臂環住女孩的肩膀，在約翰尼斯看來，他似乎是在催促她開口。

女孩像唱歌一般開口說道：「謝謝您，堯伯特先生。您真的很好心，您……」

約翰尼斯因為震驚而大笑起來。「妳說我好心？」

「這個嘛。」她繼續說，聲音微微顫抖，「您告訴我雨族女王的故事，您說得很好，先生。我很高興。」

女孩看起來十分真誠，約翰尼斯因此感受到一種奇妙的愉悅。他說：「我記得我們那時候因為意見不合，所以故事沒有繼續說下去。我能不能問一下，妳的想法改變了沒？」

「嗯，我還不知道。我能問您一個問題嗎？」她說，右腳踩在左腳上，仰起頭看向伯罕。她或許是想得到允許，約翰尼斯並不知道，他只看見另一個人對兩人的談話越來越有興趣。

約翰尼斯吸了一口菸，回答：「可以。」

「後來酋長還有見過他女兒嗎？」

約翰尼斯看了伯罕一眼。「你有空聽嗎？老朋友？你最好坐下來。」

伯罕對女孩點點頭，兩人坐了下來，女孩坐在她父親的腿上。「別講太久。」伯罕說道：「我可不希望錯過火車。」

約翰尼斯坐在抽屜旁邊，左腿跨在右腿上，沒有拿菸斗的那隻手擱在大腿上，清了清喉嚨。「別擔心，我的朋友。」他說道，隨後轉向女孩：「我們說到哪了？」

「您說女王的魔法沒辦法跟隨她到她父親的山谷。」女孩回答。「您還說女王的父親快死了，就在那個時候，我們……呃……意見不合。您問我聽不聽得懂這個故事。」

「哦對，我想起來了。」約翰尼斯說：「我想應該從這裡繼續說：我見過酋長之後就離開他的山谷。我往南走，到了他女兒統治的地方，那裡非常類似他所在的山谷。他們靠著交易牛隻建立連結，他們的茅草屋是用牲畜糞便和泥巴搭建的，族人都很單純。不過，他們的田地十分豐饒。我見到他們的酋長。他比較年輕，出生在某個大豐收的一年，大家都說他受到祝福。他邀請我到他的小房子，我問了他雨族女王的事情，我說：『我到這裡來見她。』年輕的酋長問我知道多少關於女王的事。我驕傲地告訴他北方的老酋長告訴我的故事。我告訴他：『朋友。我知道很多她的事，我只是想親眼看看她，看看她有多神奇。』

「酋長大笑起來，我必須承認，我有一瞬間以為他瘋了。接著，就像他突然開始大笑那樣，他突然就不笑了，他用權杖敲了一下地面，然後遞給我一枚硬幣。那是一枚弗羅林幣，從字樣來看是鑄造於一八四九年。硬幣一面是維多利亞女王戴著王冠的肖像，另一面的圖案是四面盾牌。

「酋長指著維多利亞女王告訴我：『我聽說過這個女人的故事。是長得和你一樣的人告訴我的，傳教士和獵人。他們告訴我這個遠在重洋之外，我一無所知的女人，為了讓我脫離貧困、無知和野蠻而付出不少努力。告訴我，我的客人，你見過這個女人嗎？她有將這個任務交付給你嗎？』

「我當時深深覺得，年輕酋長的族人不應該說他受到祝福，而是應該說他瘋了。我感謝他的招待，然後請求他允許我離開。但是他敲了一下權杖，然後回答：『假如你就是想做這件事，我會安排一名嚮導帶你去雨族。』看見他再次展現善意，我對自己如此容易被激怒感到抱歉。『我不是英格蘭人。』我對他說：『被當作英格蘭人對我而言是侮辱。』

「我們隨後促膝長談，我發現他是個愛笑的人。準備離開時，我向他道別。一個星期後，我來到那趟旅途的終點，雨族的領地。雨族女王大方地准許我進入她的宮殿。我自然而然地問起她召喚雨水的祕密，我想她也是自然而然地露出禮貌的微笑，告訴我那既然是祕密，就表示只有她的族人能知道。我接著問她是否想念她的父親、她的家、她的族人、她坐上王座之前擁有的一切。

「而她問我：『哪個父親？哪個家？什麼族人？簡而言之，你是聽了關於我的什麼悲劇才到這裡來？』我大為震驚，又問她是不是在被綁架後的幾年間忘了她原先的人生。但是她又問我：『你說的是哪個人生？』我因此引述了老酋長先前告訴我的故事。女王若有所思地點點頭，接著我們陷入沉默——很漫長的沉默，漫長又填滿了我不斷膨脹的疑惑。

「她一臉同情地看著我，彷彿在用她的雙眼傳遞某種深奧的智慧。她對我的疑惑表現得如此平靜，令我緊張，而她希望我讀懂那段沉默訊息的模樣，更是讓我害怕不已。我們就這樣坐著，與世隔絕，彷彿坐了一輩子那麼久。

「沉默結束了，就在那詭異的沉默中，我脫離了多年來的無知與遺忘。她看見真相改變了我的表情，便露出心照不宣的微笑，我第一次看見她露出這種表情。我很高興，那非常美好，而且如同她的天賦一樣罕見。雖然我還是著迷於她的神祕，我最終還是點頭表示理解。

「隨後我離開了她的山谷。回家的路上，我經過年輕酋長統治的山脈。我感謝他的智慧，然後去找了老酋長，我也感謝他。這就是故事的結局……就我所知是這樣。」當他說完，約翰尼斯發現伯罕和女孩都沉浸在他的故事中。

伯罕問道：「你那趟旅程，約翰，是在我跟艾麗莎結婚之前還是之後？」

「在你們結婚之後。」

「你是在那裡認識約瑟芬娜的嗎？」

「對。」

「為什麼？」

約翰尼斯和伯罕鬧翻後，伯罕和妻子一起北上，約翰尼斯也隨他們一起。他必須弄清楚，伯罕為何會如此輕易地背叛這段歷經風雨的友誼，這段熬過戰爭，跨越政治、意識形態、宗教和各種障礙的友誼。伯罕做的每一件事，約翰尼斯都試著去做，因為只要他能理解他，就算只有一秒鐘，或許都能減緩失去他的痛苦。

約翰尼斯已經深深沉浸在非洲的生活中，他發現自己愛上了這裡。他試著打獵，但他發現自己一點也不喜歡。他接著一頭栽進葡萄酒、歷史、經商，還有許多他的朋友熱衷的事情。在他投入各種事情的期間，他也雇用了幾名原住民，就像是亞伯罕雇用的那些原住民。接著，當他結束這段沉浸的過程，恢復原本的自己時，他仔細感受自己的心痛，發現他的心還不夠碎，他需要更多的痛苦。他最後終於意識到，他是個愛著另一個男人的男人。但儘管他愛著另一個男人，仍然知道這件事是離經叛道的。

因為約翰尼斯絕對不會動搖自己的信念，所以他決定投身從未做過的事情，他將自己放逐到川斯瓦，準備在懺悔中度過餘生。當然，他無法告訴伯罕這些事。作為終結兩人友誼的那一方，伯罕不會理解的。

但即便下定了決心，約翰尼斯多年來還是感受到排山倒海而來的懊悔，令他心寒、空虛、孤獨，就像一片空蕩蕩的天空。他深深吸了一口氣，簡短地回答：「因為我想要。」他想說更多。他感覺自己在說出真相的邊緣。真相近在咫尺，但是他就像個傻瓜或懦夫，讓說出口的機會白白溜走。機會不會再回來了，他很明白，但是他什麼都不必做。他絕望、害怕，又希望能永遠把伯罕留在兩人的糾葛之中，所以他又說道：「事情不總是像表面上那麼單純，伯罕。假如我們想要進入新世紀，把握機會以獨立國家文明人民的身分活下來，就要遵守一些規則。世界是區隔開來的，但不是因為我和你，也不是因為立法機關。世界是自然區隔開來的。」

「這個必要的區隔，存在於家長和孩子之間，而且必須存在於領主和子民之間。儘管我們都很幸運地擁有高人一等的才智，還有各式各樣的文明禮節，但我們這個種族仍然瀕臨滅絕。我們有責任幫助那些比我們不幸的人擺脫野蠻的生活方式、異教信仰，以及所有墮落的行為。假如你走遍整個非洲，就會看出這一點。

「雖然必須和他們接觸，否則我們無法將這些交付給我們的仁慈散播出去，但還是必須把接觸限縮到最小的程度。在一個所有區隔蕩然無存的世界，在一個子民和領主可以平起平坐的世界，我們要如何繁榮發展？一個人不可能兩者兼得，他要不是領導者就是追隨者，不是文明人就是未開化，一次扮演兩個角色注定以失敗收場。你應該聽進我的勸告，伯罕，你打從一開始就應該聽我的。世界上不可能有兩個歐洲，必須把非洲從被同化的命運中解救出來。」語畢，他吐了一口煙，等待對方反駁。

但是正如他所預料，伯罕只是點點頭說道：「那麼我必須退出這場爭鬥，因為我知道即使是你，約翰，一個愛我的朋友，到頭來也會將我拋下。感謝你收留我們。希望我們下次見面時仍然是朋友，再見。」

伯罕說完便站起身，握住女孩的手，顯然還沉浸在剛剛那段爭執中的女孩，此時開口說道：「我懂，堯伯特先生。如果您上次就跟我說完整個故事，我想我就會懂了。這是個很棒的故事，雖然有點悲傷，但是我想我喜歡。謝謝您說給我聽。」她露出無比燦爛純粹的微笑，讓約翰尼斯在那一瞬間感受到自己對她的喜愛。

「妳覺得自己懂了什麼？」他問她。

回答的不是女孩，而是她的父親。「很簡單，女王既是神話也是現實。」他回答：「老酋長不是她的父親，但是他說的故事是真的。她既屬於她的子民，也不屬於任何人。你這個外來的旅人，不懂他們的傳說，只想要簡單的真相。但是傳說是複雜的，那些祕密是他們的，不是你的。你才是那個應該聆聽的人，你才是那個不理解的人。」

約翰尼斯說道：「說得很好，但是我想聽小妹妹怎麼想。」

她因為沉思而皺緊眉頭，最後終於開口說道：「我想我父親說得對。」

「這就是妳的想法？」約翰尼斯笑著問她。

「對，我想是吧。」她喃喃回答。

「既然這樣，蒂朵，我想到頭來我們都會以自己想要的方式看待事情。」約翰尼斯說道：「妳覺得一件事可以同時是真的也是假的嗎？我認為不行。那麼我們之中誰是對的，誰又是錯的呢？」

「這重要嗎？」她問道。

「沒錯。」他回答：「很重要。」

對話結束了。儘管伯罕稍早時承諾他們還會再見面，但約翰尼斯知道這也是兩人友誼的結束。他們下次見到對方時，不會再是活生生的人，而會是陰魂不散或漫無目標的鬼魂。

又或者有神論者沒有說錯，天堂確實存在。在這個世界之外的某個地方，存在另一個更美好的世界。而在那裡，在星辰之中，他們或許會再見面。

他覺得自己有必要再說些話，但是他也覺得自己沒辦法，因為那一閃而過的頓悟正飛快地溜走，越來越快、越來越快，進入他絕對沒有勇氣探索的深處。他清了清喉嚨，開口說道：「再見。」

「再見。」伯罕和女孩回應。

就這樣，約翰尼斯沒有時間了。

轉彎開上泥土路

亞伯罕的眼中閃爍著淚光，但是眼淚並沒有流下來。他年輕時把握住良機，在南非定居下來，他愛那片土地。而某一天，他拋下所有的快樂離開那裡，只能帶上他的女兒，還有幾件在艾麗莎的大火中倖存的東西。

逃離一個地方，就像是把心臟連根拔起，然後草率地種在貧瘠又充滿鹽分的土壤中。那就是他當下的感受。他握著蒂朵的手走向汽車，司機已經準備好，他微笑著向他們打招呼，保證自己的開車技術很好。約瑟芬娜擁抱了蒂朵，嘮叨了一下她的皮膚曬得更黑了，然後補充一句：「我會想妳的，蒂朵，我不會忘記妳。」

「我也會想妳。」

「別難過。」約瑟芬娜繼續說：「不要帶著心酸離開，不要讓眼淚弄髒了妳要走的路。」

賈斯蒂和馬雷卡唐突的出現打斷了她們的道別，兩個男孩都因為奔跑而氣喘吁吁。約瑟芬娜說道：「看到有多少人愛妳了嗎？蒂朵？看到妳為我們帶來多少快樂，妳的離開又讓我們多難過了嗎？」約瑟芬娜的神色黯淡下來。她謹慎地低下頭。「祝您旅途順遂，先生。」她說道。

「祝妳人生順遂，約瑟芬娜。」他回道。

馬雷卡和賈斯蒂因為害怕亞伯罕而沉默不語，而他們因為難過，所以只是揮揮手說道：「一路順風。」

蒂朵也朝他們揮手。「好好保重。」

道別完，亞伯罕和蒂朵終於坐進汽車。車門關上時，亞伯罕喃喃自語：「再見，約翰。我會想你。」

約翰尼斯站在書房的窗邊吸著菸斗，將菸霧吐向窗戶，燻染了玻璃，遮住了他的視線，也梗住了他的喉嚨。他聽不見亞伯罕說的話。汽車匆匆轉彎，開上那條離開農場的泥土路。

蒂朵說西邊有個白蟻丘，白蟻丘再過去是一片田地，那裡可以找到最肥美的蝗蟲。穿越那片田地，她說，有一棵沒有名字的樹，住了一個因為長得太高所以看不見長相的男人。據說他能摸到雲朵。

「他是個鬼魂。」蒂朵說道，眼珠子不停轉動，彷彿是害怕那個鬼魂突然出現。「他的皮膚因為死亡而變灰，眼睛因為邪惡而變黑，牙齒因為沾血而變紅。他會吃小孩。馬雷卡叫我別去那個地方，他叫我別往那裡看。」她說完便立刻將目光移開那個惡名昭彰的地方，免得鬼魂察覺她的挑釁，用邪惡的雙眼盯上她。

⋯⋯

河猴是一群住在河邊的樹上和山洞裡的猴子。在山腳下的附近有一個彎道，假如你在那裡右轉而不是左轉，假如你朝每一年都晚開花（跟附近的所有植物一樣）的那棵孤單的蘭花楹樹走去——假如你走那條路，就會找到一棵神聖的猴麵包樹。

一個男人站在猴麵包樹旁邊，在他看來，那棵樹彷彿上下顛倒，看起來飢腸轆轆的纖細樹枝，像樹根一樣爬上天空。那個男人說話十分含糊，很難清楚發出帶有喉音的字詞。他會想用另一個詞彙描述那些樹枝，等他找到那個詞彙之後。對他來說，樹是個棘手的存在，在很多方面都是。

舉一個男人曾經和許多人辯論過的問題來說，你無法站在一棵樹**後面**，因為樹沒有所謂的正面。但是此時，他不得不承認，自己現在或許**就是**站在一棵樹後面。

一輛汽車從南邊開過來，這條泥土路直通堯伯特農場，通常是一群五個左右的孩子會從那裡過來。他們總是在彎道往左，沿著那條路到河邊，到保證可以看到著名的河猴的地方。但是那天早上，男人在等一輛汽車，車上的乘客是一個白人男子和一個黑白混血女孩。至少電報員是這麼說的。他看到汽車開過來時「啊」了一聲，他得趕快離開這座山谷。他必須盡快通知邊界的官員。

⋯⋯

與此同時，兩個孩子正前往白蟻丘尋找蝗蟲，年紀較小的那個孩子看見男人從樹後走出來，男孩嚇壞了，在原地動彈不得了一陣子。

他的哥哥對此感到不耐煩，因為母親派他們來田裡幹活時，總是會發生這種事：弟弟老是脫隊。「快走吧，喂！」他拍著手喊道。看到那個高挑蒼白男人的男孩，終於從震驚中緩過神來，他朝猴麵包樹點點頭，對哥哥說：「姆夫庫杜藏在那棵猴麵包樹後面。」

年紀較大的男孩看過去時，男人已經消失了，而弟弟也不確定自己是不是真的看見他。一隻鳥飛到天上，彷彿是突然被什麼匍匐前進的東西打攪了睡眠，接著另一隻鳥隨之飛出，原本寂靜的草原很快騷動起來，所有動物都在逃離某個男孩們看不見的東西。

終於感到恐懼的兩個男孩，拔腿往家的方向跑去。他們述說自己為什麼沒抓到蝗蟲，兩手空空地跑回家時，他們的母親把手高舉過頭頂上拍了一下，咬著牙說道：「其他女人得到的是小孩，我得到的是懲罰。我是得罪了哪個祖先？天啊！拜託告訴我，我才能在發瘋前找到一頭牛然後宰了牠。」很可惜，沒有人為這位母親找一頭牛來。她被迫到鄰居家，問問能不能從他們的小菜園摘一點蔬菜。

「妳那兩個兒子，今天不是到白蟻丘去了嗎？」鄰居問她。那位母親不得不重述她孩子說的故事，感覺又一次受到懲罰。聽她說完後，鄰居哈哈大笑，說道：「啊，妳兒子難道不知道，姆夫庫杜只是老人家說來嚇唬孩子，免得他們離家太遠的故事嗎？」

母親說是的，她的孩子應該要知道，他們真的應該知道，唉。不過，但其他女人得到孩子時，她可不是因為得罪了某個不願意輕易饒恕人的祖先，而得到了懲罰嗎？她無奈地聳聳肩，然後走向小菜園。

⋯

那個女人正在挑揀沒有因為夏季日曬太長而發苦的菜葉，而在距離她十分遙遠的某處，亞伯罕和蒂朵正在熱帶地區雲霧繚繞的山坡上。霧非常濃，濃到無法看清面前或背後的遠方。司機參松向他們保證，這種天氣在山區是稀鬆平常的，他們一點都不用擔心。他說，他開過這條路很多次了。

不過亞伯罕擔心的不是霧，而是山路的急轉彎，整條路都充滿大大小小的彎道，而且又急又猛，汽車往往像是開到了懸崖邊一樣。這種時候，參松總是安靜又全神貫注地開車，亞伯罕想起艾麗莎不祥的預言，因而如坐針氈。蒂朵則趴在窗戶上，想看清楚他們離山崖邊到底有多近。

「樹都長得好高，枝葉都好茂密。」她說：「看起來不像秋天，看起來不像開普敦。」

亞伯罕咕噥著表示同意。

參松將他們送出彎道和濃霧後，亞伯罕鬆了一口氣，蒂朵則失望地癱坐在座位上。他們經過了更稀疏矮小的樹木，每一棵樹都從入秋之際就開始枯萎了。他想著，那些樹長多久了？那些樹的樹根是如何緊緊交纏在一起，深深地扎進土壤中，還是樹根會隨著時間流逝而腐爛？假如把這幾棵樹連根拔起，種到遙遠的地方，它們的樹根還會如此容易地交纏、深扎和腐爛嗎？隨著汽車往前開，路邊的樹越來越稀疏、越來越矮。他們距離樹木蓊鬱的山谷越來越遠，兩側樹木的樹冠變得越來越扁平。乾燥又遼闊的草原伸出雙臂，越張越開。

草原上還有野狗和兔子，不會飛的鳥和蟋蟀，還有不受控制的雄鹿和蛇。牠們形單影隻、未受馴化，四處遊蕩著，狩獵或者被狩獵，或者只是躲開酷熱的陽光靜靜休息。貧瘠的環境中存在生命的綠洲，在亞伯罕看來，在貧瘠的地方，生命消逝得更快，那裡的葉片更焦黃，彷彿秋風吹得更為猛烈，也或者是夏天的陽光更加炙熱。

那裡的動物都會躲藏起來，牠們將平原借給來來去去的移民，他們要逃離某個東西，向著其他東西而去。有些人穿著鞋子，有些人沒有，但是每一個人都堅毅地快步離開自己的貧窮生活。

他們運著以紙張和塑膠形式保存的資產，用繩子綁緊，堆得高高的。女人們背上揹著孩子，頭上頂著貨物，跟在雙手拿滿行李的男人身後。他們穿的衣服緊緊貼在身上。毒辣的陽光刺著他們，直到汗水和鹽分從他們的毛孔中滲出，浸濕他們襤褸的簡樸衣衫。

他們要往南方去。亞伯罕想像那些男人搭上開往礦坑的火車，女人們會跟著過去。或許附近有一座農場，農場主已經答應給他們工作。但是這些年來，川斯瓦北部對他們一點也不慷慨，他們或許會認為去礦坑工作更有前途。

他想像著他們的腳步聲，想像著那片孕育他們的嚴苛環境，現在又將他們驅逐去追尋那充滿鹽分的土壤。他好奇他們隨身攜帶的寶貝是什麼——如果真的是寶貝，而不是累贅的話。他也在想，他們是不是也在想著他。

他和他們不一樣，是往北方前進，他們會不會因此同情他？他們開車經過時，有些人伸長了脖子向汽車裡瞧。但當他們的好奇心滿足後，便繼續往南，經過猴麵包樹林和山丘，頭也不回地離開那個攬著黑人小孩的憂傷白人。很快地，吵雜的人群離他們越來越遠，最後只看得到隊伍最後方的人。他們沒有帶行李，身後也沒有女人或孩子跟著。他們加快腳步走向地平線，一身輕盈、無牽無掛的生命讓他們走得更快。

很快地，或許太快了一點，他們消失在遠方。

柳樹的葉子

因為四季更迭而變成褐色的葉子，剛剛從最高的樹枝脫落，輕巧地迎著微風飄浮，降落在已經先落地的同伴編織而成的地毯上。

柳樹的守護者已經離開了，她被大火奪走，她的旅程已經結束。曾經有另一位守護者跟南方的人一樣，吟誦著星星的名字。儘管風說她還活著，但是她也離開了自己的崗位，被道路奪走，帶向未知的地方。

她的呼喚迴盪著，那是孩童的聲音，祈求著某個地方沒有名字的人庇護她。乘滿歌聲的風聽見了那聲呼喚，風恰好經過大洲邊緣一座古老的山丘，因為那是一陣乘滿歌聲的風，所以能夠在那孩童的聲音飄走前抓住它。風帶著那回音吹向四面八方，從這座山頭到那座山頭，到天上，到山谷和河流，到樹林，到落葉和其他腐爛的東西，回到從前又回到現在。

風尋找的耳朵四散各地，在這裡和那裡，在這片和那片土地之下，屬於這些人和從那裡過來的人，屬於所有地方又不屬於任何一個地方，屬於所有的神又不屬於任何一個神，屬於虛無，屬於一切。風知道這一點，便帶著那聲呼喚往四面八方吹去，然後又吹回來。

風耐心地將孩子的聲音傳播到它每時每刻走過的每一個地方，風接收其他的回音，風聆聽著每一個故事和傳聞，聽取那些給予世界上某處無名之人的名字。風吹得越來越強勁，從落葉堆中捲起那片葉子。塵捲風從東側宅邸燒毀的山牆拔地而起，灰燼摻進了沙子，塵捲風挾帶著從沙子中掘出的灰燼，往北方和西方前進，然後再往北方和西方前進。它抵達一個曾經擁有許多名字，而現在稱為西非的地方。耳語訴說著，曾經有一族人與那個地方有深刻的連結。幾百年前，他們從那裡被奪走，隨著大西洋的海潮四散各地。他們失去了祖先的名字。他們是一群孤兒。但是他們祖先的遺骨，仍然埋在這孕育他們的土地的峭壁山崖之中。

風就是到那裡去。風鏟起灰燼，吹起塵捲風。灰燼和塵捲風打轉著穿越沙丘，穿越丘陵小徑，還有一股一股從這裡遊蕩到那裡的大風。從這裡到那裡，風闢出一條路。風在溫柔的呢喃與耳語中，昭告自己要走的路，其他的風都聽見了。一些大風向它求來一點灰燼，答應會將灰燼送往其他傳聞中的搖籃。風謝了謝它們，便打轉離去。

灰燼最後來到一個遙遠的地方，祖先悲痛的靈魂在那裡等待。那裡有一個地方，你可以站在一座堡壘上，看著一望無際的海洋。海洋沒有盡頭，就像那趟旅程，曾經有人突發奇想，稱之為「不歸門」，他們一旦走出這道門，就再也無法回來。

但是你無法為一片土地命名，風這麼說。土地只屬於自己，如果你側耳傾聽，它會輕聲告訴你它的名字、神靈和過往。土地是永恆的，而人類稍縱即逝，壽命是如此短暫，所以人類怎麼能為土地命名？這就是為什麼沒有河流的族群無法擁有河神，不瞭解老鷹的族群不會擁有鷹神。但是，你見過哪個族群不知道天空之神的孩子嗎？你見過哪個族群沒有關於天空如何形成的傳說嗎？風說，桑人知道這一切，但是其他人已經很久沒有聽桑人訴說了。

所以風穿越那扇不歸門，輕輕拂過一段現在只剩下耳語的歷史。風穿越了門，盤繞、打轉，呼喚著那片土地的先祖。

一陣微風從海上吹來，那是歡迎，風如是說。那曾經難以捉摸、緊密交織的聲音，現在呼喚得更大聲，呼喊著神聖的詞語和神聖的歌曲。呼喚聲捲走風中的灰燼，不斷打轉和呼嘯著，直到風知道旅程已經結束，是功成身退的時刻。孩子的聲音終於回家了。回音有節奏地揚起又落下，迸發出笑聲、反覆吟唱的頌歌與歌曲，還有葉片有所不知的喧鬧嘈雜的祕密。祂們因為她的歸來而喜悅，向每個時刻、每個地方呼喊那孩子的名字，穿越低語的風，穿越整個世界，到了這裡和那裡，來來回回。在大洲邊緣那座古老的山丘上，祂們找到了被大火奪走的靈魂，祂們找到了與她一同被奪走的孩子。歡迎回家，祂們說道，或者風是這麼說的。

而柳樹的葉子，因為一路的勞累、塵土和不斷打轉而變得枯黃，此刻輕柔地飄向地面，於此安息。